U0093677

芳菲且住

劉依潔 著

淡江大學出版中心

自序

收錄在這本集子裡的是多年來的採訪、書評和雜記。翻讀篇章，某些時刻、片段彷彿回返眼前；曾經鏤刻的痕跡，來過又離開的時光，原來都在心底熨貼陪伴，念想即至。

集子分為兩部分；第一部分「流轉的重量」以人物採訪為主，還有幾篇書評和報導。這些作品來自好幾位主編給予的信任和機會，衷心感激。多數作品刊登於《國語日報》、《東吳大學建校百年紀念文集》、《幼獅文藝》和《20 堂北縣文學課：臺北縣文學家採訪小傳》，其他幾篇則散見《閱讀情報》及《台灣光華雜誌》。寫作時不免陷入文字貧弱、思緒纏結的迷障中。然交稿之後，察覺其時絞盡腦汁透過關係搜集資料、受訪者的惜話如金，甚至抵達採訪對象辦公室的漫長轉車旅程都豐富了稿件和記憶，美好深刻。

第二部分「急什麼？路這麼美」來自於部落格篇章，涵括童小的記憶、青春年少時光、家人朋友的情感點滴、職場心情與生命片段。生活裡的感受和體會輕盈瑣碎，未及記下的逸散成煙，而記下的，或為韶光容顏。

寒流盤桓不去的冬日，天色灰沉，雲霾重重籠壓著路樹。號誌燈前，亮起剎車燈的車，一輛輛靜默有序等待起步，尚未流麗起來的街景，日常如常。人在中年，現實世界中斷未完的戛然而止，終得在心裡一一了結，為著領受的心意，為著所愛，繼續向前。

目次

輯二　書評

輯三　報導

急什麼？路這麼美—創作

輯一　家人情感

輯二　年少懷舊

輯三　職場心情

輯四　生活中的美好時光

流轉的重量—採訪報導與書評

輯一　人物採訪
輯二　書評
輯三　報導

黑暗中點亮一盞燈寫作：劉軒

星期天下午，我和劉軒相約在忠孝東路的咖啡館裡，眼看採訪時間就要到了，手機突然響起，那頭傳來低沉的嗓音：「不好意思，目前有通國際電話，一時走不開，請再等我三十分鐘，很抱歉。」三十分鐘過後，劉軒準時地站在面前，眼神明亮，誠懇地與我握手。非常有禮，非常有教養，這是我對他的第一個印象。

他到櫃檯點餐，表示中午太忙，沒時間吃飯，我不自覺地瞄了手表一眼：三點四十五分。心想：假日下午，正是悠閒的時候，怎會這麼忙？待問清採訪結束後，劉軒還得回公司處理事務，我不待餐點送上，即刻進行採訪。

對於劉軒而言，寫作是生活的一部分，至於出書則是件巧合。在名作家父親劉墉嚴格的要求下，劉軒從小寫作。一開始是圖畫日記，後來到美國求學，在完全使用英文的環境裡，作文仍是不可少的功課，有段時間還曾用文言文寫作（後因實用性不高而作罷）。高中畢業那年暑假，劉軒跟隨父親到大陸遊覽探親，神州的風土人情，使他感動莫名，因而每晚在歇息的旅舍或船上，以英文記錄心中的感受。講到這裡，他不好意思地笑說：「用中文寫的話，思緒和文字都容易『卡』住。」就讀大學期間，劉軒選修了中文課程，父親更理所當然地要求寫文章，只要他和朋友出遊，回來就必須交篇遊記，長期積累的結果，加上之前大陸旅遊的經歷，父親鼓勵他集結出書，因而有了《顫抖的大地》。這本書的文詞都經過父親潤飾，他很不服氣，心想：「讀者到底是看我寫的，還是看爸爸寫的？」因此，他努力用中文寫作，第二本書《屬於那個叛逆的年代》中的文章就有一半以上未經父親修改，當然，字句和文法上難免不順，偶爾還夾雜英文，雖然如此，倒也形成特殊的風格，成為多數人認識的劉軒。

劉軒拿到心理學碩士學位後，決定休學一年，給長久以來的學生生涯一點時間「take a break」，到處走走看看。英國、美國、阿拉斯加等地，不同的人和風俗習慣都帶給他不同的體驗。但純粹遊玩的日子，人顯得浮躁，他猶豫著該繼續研究所博士班課程，還是乾脆找份工作。徬徨中，他詢問許多人的意見，昔日室友要他堅持自己的想法，室友的女友則建議應完成家人的期望。幾經考量，劉軒決定返回哈佛。學分修完後，他花了半年時間思索準備關於「東西方青少年與家庭關係比較」的研究計畫，卻因範圍太大被教授退回。討論之後，教授告訴他：「沒有答案，也是一種答案。」他心念一動，驚覺自己學的是「心理」，卻和人類社會接觸如此貧乏，決定暫時放下論文，到紐約修習出版專業課程，之後回臺灣工作。

回到臺灣，捨棄美國更好的發展機會，許多人都覺得可惜，面對這些善意的關心，劉軒向來不多做解釋，「難道人生只有現實的考量？」不，他只憑感覺，當下決定，因為年輕，本錢如此豐富。

或許天秤座的人對美總有份特殊的感受，劉軒自在悠遊的音樂、寫作領域，和DJ、音樂製作人、作家等身份，都與美、藝術脫不了干係。當問及最愛，他毫不遲疑選擇了「音樂」；晚上到PUB擔任DJ，在家玩玩音樂，是他最享受的時刻，但他也明白，寫作的劉軒最為人熟知。因為對於自我接近完美的嚴苛要求，原訂的出書計畫延宕再三。他說，手邊早已寫好一部非文學類的長篇作品，只待出版，但由於目前的他想在文章裡吐露心聲、呈現近來的社會體驗，所以還在評估出書計畫。「不過」，他不好意思地笑了笑，「現在工作非常忙碌，很難抽出時間寫作」，加上慣於在絕對的黑暗中點亮一盞燈安靜的寫稿，唯有夜晚才能創作，想來，讀者要看到新作品還真得耐心等候。

談及前陣子為愛爾蘭童書《阿特米斯奇幻歷險—精靈的贖金》代言，劉軒提到，愛爾蘭人天生就是說故事高手，作者艾歐因．寇弗所寫的這系列故事雖非不朽作品，但運用高度的想像力，結合古代神話和現代科技，開展了讀者的知識領域，尤其書中主角—十二歲的小男孩，非但不是正義的使者，還是個小混蛋，與眾不同的人物和情節，讓學心理的他有感而發，為這系列童書寫序。

採訪在童書話題中結束，離開咖啡館，遠遠的，我看見頭戴黑帽，身著白衣黑褲，斜背黑色包包的劉軒，腳步迅速地趕回辦公室，想來正在實踐他方才講到的信念，「把高 level 當做標準，完全投入。」

《國語日報》星期天書房版 2003 年 6 月 21 日

南太平洋航海歸來：褚士瑩

據說褚士瑩行蹤飄忽不定，且只接受電話和 E-mail 採訪，我緊張地在他回到臺灣後猛打電話（誰知道他下一刻是不是就飛往別處旅行），卻都只能在語音信箱留言，因此，當他以 mail 要我決定採訪時間地點，我著實楞了一下。

週末下午，褚士瑩如約出現，他的身形高偉，黑髮中有數縷金色挑染，身著深藍色棉恤，外搭深藍色的開襟針織衫，脖子上一圈木質珠鍊，下身則是藍色牛仔褲，深深淺淺的藍，似乎留戀著前段時間與海洋共處的日子。他開口有濃濃的鼻音：「感冒了，剛回到臺灣，沒有臺灣病菌的抗體，被姊姊的小孩傳染了。」我納悶著，典型的水土不服……這個他住了二十多年，完成小學、中學到大學學業的地方，竟讓他產生初到異地的不適症狀，到底是多久沒回臺灣？我暗暗思索，面前的男子，似乎從心理到生理貫徹旅行為生活的生命型態。

褚士瑩前兩年大都待在海上，跟隨十八世紀俄國航海家發現南太平洋群島所駛的路線而行，那趟探險在自然科學上沒有重大意義，但日誌記錄的篇章精采感人，他在馬紹爾聽老人講起這段故事，一心期盼沿著當時路徑感受今昔的不同。首先是閱讀資料，夏威夷大學藏有那套日誌，但不能外借，他分了三次讀完，之後寫信給全美的古董書商，一年後終於買到了。接著是出海，在沒有自己的船，也沒有很多錢的情況下，褚士瑩搭起便船，一邊在船上打工，一邊接續旅程，帆船、郵輪、貨輪，有船搭船，沒船便待在陸上等船期，兩年內將路線一段一段地接起來，終於在去年十一月底行遍所有路線，完成心願。

航海旅程中印象最深刻的是船駛過南美洲合恩角看到太平洋那一刻。前行的福克蘭群島海域是出了名的危險，船行顛簸，巨浪滔天，驚險的程度讓他覺得此處便是世界盡頭。因為捱過那塊海域，見到一片湛藍，宛若平鏡的太平洋，才體會到太平洋何以名為「太平」的原因，褚士瑩對著太平洋，想起從前駛不過合恩角的失事船隻，心裡滿是感謝。

發現自己具有探索世界的好奇心開始於小學。褚士瑩小時候住在高雄郊區，小社區四周圈著圍牆，圍牆以內是生活的天地，圍牆之外充滿了未知的新鮮奇妙，對他有強烈的吸引力。「那時最期待的是星期天早上十點鐘開往市區，下午三點從大同百貨公司駛回的社區巴士」，這樣一趟來回，是他心中的夢幻旅程。而那些待在圍牆裡的日子，褚士瑩會到社區圖書室，翻閱諾貝爾文學獎全集（「圖書室裡都是些大部頭的書」，他說），每本書敘述不同的故事，有不同的情境和氛圍，讀著讀著，小小心靈想望著那些場景和國家。加上常常把玩父親出國帶回的奇妙禮物，聽到父親在異國受凍，耳朵一搓便快掉下來，幾乎壞死的特別經歷，都令他對遙遠的國度有無限的幻想和憧憬。後來，褚士瑩小學中高年級時，舉家搬遷臺北，學校離家有段路，上下學必須通車，他興奮極了，天天將出門當成生活中最重要的大事。

這樣的心情持續到高中，終於有出國到新加坡當交換學生的經驗。「第一次去的地方會影響一輩子」，褚士瑩說，如果新加坡不是第一個去的國家，他不會覺得新加坡如此特別。當時結識的朋友正值青春，有著最真摯的情誼，十幾年來聯絡不曾中斷，無論有了男／女朋友，還是結婚、生小孩，他都會收到訊息，或是受邀觀禮。也是在新加坡，褚士瑩首度見識到日、韓、印尼、馬來西亞等不同國家的人生活在同一地的景象，而在此地購物受騙的經驗，讓他明白，即使在膚色相近、生活類似的環境中，也會上當受騙，這些不愉快的事情無關於國度、人種，每個地方都會發生，遇上了，只能怪自己不夠機靈，千萬不要因為不好的經驗壞了旅行的興致、壞了對那個國家的印象。這番心理建設讓他在往後的旅程中不會感到挫折，也不覺得恐懼。

關於寫作，褚士瑩說，「一個人旅行，寫作是惟一談話的對象。」出發前，他閱讀相關歷史資料，勾勒出文章骨架，在每天總會找家咖啡店坐坐的旅行空檔，把所見所思記錄下來，待結束旅程兩三個月後動筆，「心情沉澱後仍有強烈感覺的事物，才豐富值得書寫。」

對於喜愛旅行的年青人，褚士瑩建議自己存錢、安排行程，更能享受旅行的滿足感，時時保持對世界的好奇心，不因不愉快的經驗降低旅行的熱情，至於語言，「我們永遠來不及學習所有的語言」，只要能溝通，出遊一趟，還能加強語言學習動機。他鼓勵青年學子保持忙碌，多方嘗試，隨時求知，尋找自己的愛好，發現生活的樂趣。

對於褚士瑩，每個地方最多只停留六十天，過去十年來，幾乎每個月都會離開當時的住處前往異地，所以，沒有一個地方稱得上是家，臺北、里約、紐約、波士頓等地皆具異國情調。他常離開臺北，也常回來，喜歡散個長長的步，從城市的一端走到另一端，捷運、食物，以及永康街上等著吃芒果冰的長長隊伍都是他的新發現。而褚士瑩現在何處旅行？你來不及問，他已出發了，還好，總在世界某個角落。

《國語日報》星期天書房版 2003 年 3 月 28 日

交響樂團的靈魂──專訪歐陽慧剛

指揮家歐陽慧剛說：「『指揮』負責引領樂團朝著同一個音樂理想前進，角色和「導演」很像！」他進一步解釋，因為每個人對於樂曲的感受不同，即使是同一首曲子，由不同的人演奏便會有不同的速度和情調，因此，要讓團員發揮長處、互相配合，以最佳狀態合奏出動人的旋律便是「指揮」的責任和功能，若說指揮是樂團裡的靈魂人物，一點兒都不為過！

這個工作需要長期與樂團培養默契，歐陽慧剛以自己為例，從決定曲目、讀譜、排練到上臺演出，大約要三四個月甚至更久。指揮的工作從和樂團成員討論曲目開始，以「音樂家」、「歌劇」為主題的曲目，勢必和搭配獨奏家、合唱團一起演出的不一樣；接著是「讀譜」，指揮必須了解「每首曲子裡每一小節所發生的事情」，像是包含的樂器種類、每個樂器的狀態，還要掌握樂曲的情感、擬定演奏的速度，他通常會一邊在鋼琴上作總譜彈奏，一邊設計合奏的畫面。再來是「排練」，這是歐陽慧剛最重視的階段，他首先會帶領團員從頭到尾演奏一遍曲目，了解大家的能力，再依個別情況調整、搭配出最好的聲音，最後則是正式演出。

一般來說，指揮家對於樂曲已經很熟悉，也具備了某種想要呈現給聽眾的音樂理想，排練便是要「說服」團員接受，歐陽慧剛特別強調「是『說服』，而不是『強迫』」，有了共同的目標和團員的信賴、支持，指揮才能引導樂團一起努力。同時，指揮也會依據樂團的程度改變自己對樂曲的要求，如果碰到程度較差的樂團，就以全體的進步為主，如果是優秀的樂團，不僅能達成音樂理想，還會在相互配合時激發更多靈感，演奏得精采出色。這也就是說，在指揮家與樂團的多元組合，以及雙方不斷的調整、嘗試下，樂曲每回展現的美感都不相同，「若能獲得聽眾的喜愛，就是身為指揮家最大的成就！」歐陽慧剛說。

關於指揮棒的起源有個傷心的故事。據說，指揮棒的前身出現在教堂，是用來震擊地面讓樂團和合唱團員的節奏一致，類似枴杖的長棍子，後來因為有位法國作曲家在指揮的時候，不小心被棒子打中腳，傷口感染細菌而死，所以指揮棒便改成紙捲，再逐漸變成現在的樣子，材質則有木料、塑膠或合金。歐陽慧剛表示目前最喜歡的是一支很輕的指揮棒，因為曾聽說有位指揮家的指揮棒不小心滑出手去，他後來都會多準備一支上臺。然而，並非所有的指揮家都會使用棒子，這和個人的喜好有關，歐陽慧剛對於柔和緩慢的樂曲和規模小的樂團就不用指揮棒，多數時候則會使用。通常，表演的舞臺很深，指揮和團員有些距離，為了要讓所有的團員可以看清楚手勢，使用指揮棒延伸手臂的長度、加大動作就顯得很重要。指揮的右手負責拍子進行，左手提示情緒，像漸強、激昂、「進來」（某個樂器該演奏了），指揮還會用眼神、下巴、手肘暗示或輕點，可以說整個上半身都在對團員釋放訊息。

對歐陽慧剛而言，指揮家的身分無法單獨存在，因為他還身兼院長、教授和小提琴首席，每天轉換在行政、教學和樂團演出之間，可以想見有多麼忙碌，但他滿足於跨領域的現狀；有空時聆賞樂曲，參考其他指揮家對曲子的詮釋，沒空時就用心生活和工作，累積能量，提升指揮家必備的感受力和溝通技巧。下次有機會進音樂廳，請記得閉上眼睛聆聽，感受指揮對曲子的體悟、樂團合奏的美感，還有指揮用手表現的「一直在心裡哼唱的聲音」。

◎如何成為指揮家？

歐陽慧剛表示，「可以從小學鋼琴、學小提琴，但沒有人是從小學指揮的！」由於指揮在音樂演奏裡屬於比較複雜的層次，必須對音樂、合聲、對位、管弦樂等具備充分的知識後才能學習，因此，幾乎所有的指揮家都是器樂家出身。不過，他也指出，雖然不能從小開始學，但是可以從小培養熱愛音樂的性格、與人溝通的熱忱，以及勤奮不懈的學習音樂學科，這些都有助於日後成為一位指揮家！

《國語日報》生活版 2008 年 10 月 29 日

我的一生，寫滿了中華文化——
專訪瑞典漢學家林西莉

走進飯店八樓房間，林西莉自窗邊迎來，握手招呼且親切的問候「你好」，雖然因為行程緊湊顯得有些疲憊，但她雙頰微紅，笑容和藹又帶點羞赧，採訪外國漢學家的惴惴不安便在瞬間消散了。

先問起中文名字「西莉」的由來，此源出於 Cecilia Lindqvist 本名的音譯；「西」相對於東方，「莉」字本來取的是另一個同音字──「俐」。具有「聰明伶俐」之意的「俐」，林西莉很喜歡，但她的老師認為會被誤認是男性，所以改為「莉」字。而時光往前回溯一些，在取名之前，林西莉與漢字第一次接觸的時候還是個九歲小女孩；她從母親手裡接過一把紅色雨傘，著迷於傘面繪製的文字。沒想到往後沉浸漢字的世界數十年，且卓然有成。我追問那些文字？她笑笑地說：「只是工廠的名稱。」從前那個對漢字有興趣的小女孩，此際端坐眼前，正向全世界介紹古琴的故事，教人迷惑且震懾，一切究竟如何開始。

林西莉大學畢業後從事教學工作，以學習漢字作為正職外的興趣。她日間教書，晚上師事高本漢，投入越多便越喜愛漢文及文化。稍具語言能力即奮勇闖盪中國北京，無比熱情執著地學漢語也學古琴。

她坦承因具有魯特琴的基礎，原本想學的是形貌相似的「琵琶」，但著迷於古琴直接衝撞心靈深處的樂音，決意改換目標。身處人生地不熟的北京，林西莉好不容易找到一名擁有

明代古琴的學生「楊」，願意免費教琴。兩人在語言不通的情況下，卻也奇異的從指法開始，一起彈奏。之後，她誤打誤撞的以一句「彈古琴，我學」結識了王迪的先生，進而拜王迪為師，真正步入古琴的世界。

學習古琴非常困難，除了古譜不是一般人所熟悉的樂譜，僅用漢字標明琴弦的位置、指法和節奏外，曲中的意境與情感對林西莉而言也是難題。她全然仰賴王迪，強記指法，抄寫譜子，而古琴師傳特殊，強調純粹的複製仿效，不容許學生自由發揮創造。林西莉因此與王迪數度衝突，雖然終究順服，但她爭取到了學習〈平沙落雁〉、〈欸乃〉等較迷人的樂曲的機會。至於夜空裡的飛雁、春天初融的潺潺溪水、戲水白鷺、展翅的鳳凰等文化情感方面的體會，透過也是書法家的王迪詮釋情境的「講故事」，她也逐漸掌握了曲子的意涵。

停留北京兩年期間，在王迪的引領下，林西莉學得了十七首古琴曲，而她所鍾愛卻無法學會的〈流水〉、〈廣陵散〉等則收錄於隨書的 CD。這種關乎人生境界與修養的樂音，在難度較高的曲子中表現得更加淋漓盡致，她一回聽見〈釵頭鳳〉，幾乎肯定為此生最愛，但難度極高，無法學會，不過，只要夜裡得空，總會彈奏二三十分鐘，複習昔日學過的曲子。左手姆指內側的傷痕即是長年親近古琴的證明。

對於隨她飛越天際抵達瑞典的明代古琴「鶴鳴秋月」，我有些失禮，卻以為理直的關心其未來，林西莉表示終會歸還「北京古琴研究會」，她說，雖然一雙兒女在音樂領域各有所成，女兒是聲樂家，兒子演奏薩克斯風，但他們不懂得古琴，留著毫無意義。理所應當與淡然的態度讓我意外，在中國，即使不懂琴、不彈琴，上了年代的古琴會被保留為傳家寶，而此舉可見林西莉對於古琴的敬重與深情。

書裡，我們看見林西莉在北京學琴的模樣，師生之間綿長深刻的記憶和對話，難免產生作者昔時已預見日後出版此書的錯覺。實際上，那一幀幀珍貴的黑白照片全來自於王迪；林西莉回想起和王迪最後一次通話；王老師問起「還有任何關於古琴的疑問嗎？」這一問讓林西莉收到老師保存的照片，不僅重溫青春歲月，也豐富了書籍內容。而當年，人在異國的寂寞孤單，使她頻繁地寫信給家人、朋友，且神奇地留有底本，加上勤寫日記，生活點滴細微詳實，古琴一書的出版有冥冥的命定之感。

不無遺憾的，《古琴的故事》付梓前，王迪過世了。林西莉曾邀請老師參加瑞典的新書記者會，達成王迪彈琴、林西莉發表的協議。而此邀約仍然有效，由王迪老師的女兒鄧鴻出席。鄧鴻家學淵源，擅長古琴，發表會上與朋友的琴簫合奏教全場驚豔，意外地展開巡迴表演，欲罷不能，總計約四週，二十多場。由於深受琴音簫聲感動，興趣勃發的瑞典人紛紛向林西莉探詢學習事宜，她居間引線至北京，讓更多人領略古琴、洞簫之美，而這即是林西莉寫書的心願。

林西莉以自身經驗勉勵年輕人，「絕對不要放棄自己有興趣的事，即使開頭困難。」她眼睛一轉，笑容些微淘氣：「不一定要告訴父母，因為他們多半想讓你做他們想要你做的事！」因為不放棄，林西莉從「使整個房間都顫動的聲音」開始，追尋清澈亮麗又深邃低沉的古琴樂音，四十多年流淌而去，她依舊娓娓傾訴對古琴的情感，以及在異國與古琴共度的歲月，一如最初的熱情與堅持。

後記：

採訪尾聲，問及林西莉最漢化的部分，她回以「飲食」。她喜歡中華料理，家人耳濡目染下也是；拿手菜有麻婆豆腐、辣子雞丁、螞蟻上樹和乾扁四季豆等。一旁的工作人員接著說，來臺期間要求用餐地點全改為中式餐館。在笑聲裡與林西莉告別，想著半路出家的她，浸淫漢字與文化數十年，看樣子還要持續下去，用一輩子拉近中西文化的距離。

《幼獅文藝》2009 年 5 月號

要拚一席之地——
專訪樓一安、莫子儀、路嘉欣《一席之地》

「莫比克」風雨欲來之際完成了樓一安導演、男女主角莫子儀和路嘉欣的訪談。對他們三人而言，籌拍這部片子的過程是場圓夢之旅，或是發現之旅。沉寂一段時間未發專輯的路嘉欣，再度以歌手身分登上舞臺，實現了組團、練團的心願；舞臺劇出身的莫子儀，趕在三十歲之前試探了自己，進而發掘潛藏的音樂天份；至於導演，他重新燃起年輕時代對於搖滾樂的熱情，且以個人見解詮釋了「龐克」反叛的精神。

搖滾與民謠的叛逆

片中的音樂類型主要為搖滾樂和民謠，導演試圖透過音樂來演繹「龐克」曲風裡的「叛逆」精神；他認為世界不斷膨脹，不合理的體制持續存在，而音樂能夠傳達質疑、觀察過後的憤怒和不安。作為一種生命型態的展示，「叛逆」必須滲入思想，顯現於態度並且落實在生活中，絕非演唱龐克樂曲便表示叛逆，因此，龐克樂手不一定具備反叛的精神，而民謠歌手也可以含藏反叛的念頭。莫子和凱西即是如此。

莫子是懷才不遇的搖滾樂團主唱，雖然外型龐克、曲風龐克，但生活落魄頹靡，毫無實踐「龐克」的懷抱；反觀創作歌手凱西，民謠唱片大賣，原因不單是唱片公司的包裝或宣傳策略的奏效，更重要的是樂曲觸及對世界的觀察。最後，導演本持熱愛搖滾的初衷，讓主唱莫子爆紅，但此舉無關乎反叛，無關乎不滿和抗議，反倒充滿了諷刺、荒謬的意涵。

舞臺魅力令人驚豔

男女主角均為片中的音樂表演耗盡心血。莫子儀在接拍之前完全沒有演唱、彈奏經驗，對於龐克曲風也不熟悉，他透過導演和音樂總監秀秀老師的幫助，爬梳搖滾樂的歷史以具備基本知識，同時聆賞樂團演出的影碟、CD，模仿樂團主唱的神情與音樂表現。莫子儀喜歡 Sex pistols 表演時那種張狂、囂張的態度，以及樂曲傾洩而出的憤怒、抗議情感，也欣賞 The Doors 主唱金莫利森演出時的神態，雖沒有誇張的肢體動作，但像是黑洞般把所有人吸引進去的魔力，而陪伴在身邊最久也影響最深刻的則是樂手趙一豪，莫子儀深感其嗓音的渲染力，不自覺地學習其唱腔。

由於從零到開拍的時間緊湊，他以非正規的方式學習，先掌握戲裡需要的部分。從吉他彈奏的指法、唱歌技巧、臺風到表演神態，統統下功夫苦練，而包括親弟弟在內，身邊會玩樂器的朋友統統被煩擾一遍。

在「The Wall」拍攝的場景對莫子儀和路嘉欣來說，具有成果驗收的意義。莫子儀描述當天的心情無異於帶團去表演，緊張難免，但一站上舞臺立即化身為主角莫子；不被現場觀眾期待的落寞、無奈，咿唔其詞也無所謂。莫子儀認為這不僅是向觀眾的怒吼，也不僅是情感的渲洩，更有對自己的嘲諷。而對於自己的即興演唱，莫子儀表示「挺滿意的。」值得一提的是莫子儀曾在此打工，想起昔日為「閃靈」、「滅火器」等樂團團員烹煮晚餐、咖啡，現下有機會站上舞臺，讓他頗有感觸。

導演對這場戲則是興奮極了，「音樂真能讓人為所欲為」他說。首先，莫子儀的表現教人驚豔，隨意亂唱的那段其實是美麗的錯誤。因為曲子譜好之後還沒有填詞，排演時先讓莫子發出些無意義的聲音，沒想到效果絕佳，就延用了。而接續莫子上臺的是「硬幹」樂團，導演事先安排臨演相互推擠、跳上跳下地炒熱氣氛，沒想到音樂的感染力強勁，根本不必布樁，場內群眾便已熱情得要掀開屋頂。導演喊「卡」，大夥仍像暴動般難擋，直到副導拿起大聲公狂喊，氣氛才漸漸緩和下來。

路嘉欣在「The Wall」拍攝的則是另一場，她形容這是極度忘我的一場戲，對自己的評價是「超好」。開拍前，她期待且緊張，自許恰如其分的表現創作歌手該有的模樣，當正式開始，即完全沉浸於演唱會的氛圍中，什麼都不必想，情感自然流露。導演原本設定凱西邊彈邊唱邊掉淚，但路嘉欣以自己的體會稍微修改，覺得哽咽的情緒更合適，這樣的表現方式獲得認同，對初嘗戲劇經驗的她不啻是種鼓勵。談及在音樂方面的準備，和莫子儀不同，路嘉欣對自己的歌聲非常有自信，較大的挑戰來自於彈吉他和拍戲，她認真勤奮地拜師練習，一方面四處驕傲地展現狂練長出的繭，一方面則是努力學習創作詞曲的流程、神態。

對音樂的熱情爭出「一席之地」

關於片中歌曲，莫子儀偏愛〈塵與土〉和〈我愛野玫瑰〉兩首，前者曲調迷幻，歌詞有種無所謂的底蘊，像是忽然參透了某事，可以平靜離開此地；後者則敷滿沮喪和悲傷的情緒，連自己活著這件事也不在乎。歌曲流洩解脫放下與無限遺憾的情感隱約呼應著表演歲月裡的高低起伏。而路嘉欣最常唱的是〈生日快樂 OP.1〉，清淡簡單的曲調和歌詞，如說話般的傳達情感，清澈純粹，但向來喜愛搖滾樂的她笑著加了句「非常想和莫子儀交換歌曲唱唱看！」

以歌聲獲得青睞進入演藝圈的路嘉欣，在拍片期間是莫子儀討教演唱經驗的對象，他不時說著「緊張」，而路嘉欣也不吝以前輩身分提點、安慰他，即使如此，心裡不免有女孩兒的虛榮，想著「贏定了」。沒想到莫子儀一開口，全場震懾，讓她對於專業演員的崇敬之情瞬間提升好幾倍。路嘉欣強調，唱唱念念的曲子屬於個人風格的唱法，難度很高。之後，當莫子儀再說「今天表現不好」時，路嘉欣完全不想理會，「根本就很好！」

從彈出一首〈綠袖子〉到被稱讚「完全是個吉他手嘛！」從偶像歌手到能夠自彈自唱，莫子儀和路嘉欣在《一席之地》展現了對音樂的熱情，盛讚或許不必，但支持想來是無庸置疑。

《幼獅文藝》2009 年 9 月號

與傳播結下不解之緣──專訪楊志弘

甫結束接待蒙古記者團的工作，楊志弘如約準時地踏進辦公室，才坐定，便飄來一股淡淡的古龍水香氣，不待自我介紹，便問我喝茶還是咖啡？「咖啡」，我回答，他於是走至門邊，請助教泡咖啡：「兩杯咖啡，我的多加點奶精」，室內立即浮起一股咖啡的香甜，傳播人的特性：精準、敏感、急切與個人品味，立即展露無遺。

高中時決意從事廣告業

從高中開始，楊志弘就對「廣告」有著濃厚的興趣，當時沒有「廣告」、「行銷」這類科系，他直覺地認為廣告和商有關，因而選擇乙丁組（今日的第一類組），大學聯考選填志願時，填完臺大十一個商學相關科系，第十二個填的就是東吳商用數學系。其中有段小插曲，楊志弘其實不知道何謂「商用數學」，詢問同學得到的答案是「用數學經商」，他想想和廣告應有些關聯，便列為志願之一，而且還誤把東吳當東海，放榜後打算去臺中讀書。

楊志弘誤打誤撞進了商用數學系，開學後翻開課表，才發現在他面前的一百多個學分大都和微積分有關，和預期修讀的課程實在出入太大，便打算重考，但重考也沒有和廣告相關的科系可選擇，思前想後，很是苦惱。無意間發現社會系教授的科目有「大眾傳播理論」和「心理學」，似乎與廣告比較接近，於是準備轉系。楊志弘直接向社會系系主任楊懋春表達轉系意願，楊主任問了問轉系原因，看了看他出色的國文、英文兩科成績後，楊志弘不經筆試，順利成為社會系的一份子，從此與「傳播」結下不解之緣。

不敢翹課只好讀名著

想起在東吳求學的時光，楊志弘印象最深刻的是「點名制度」。當時，各系都配有點名先生專管這事兒，「點名先生非常嚴格，不僅堂堂點名，遲到十分鐘還會扣分，男生扣得多就不能考預官，所以大家都不敢遲到早退」，而最令楊志弘佩服的是點名先生的記憶力超強，只要看見學生背影，就會大喊：『某某某，你不是要上〇〇課嗎？怎麼在這兒打球？』這項本領讓楊志弘不敢造次，即使再無聊的課，也總是乖乖進教室。同學常常見面的結果，就是感情越來越深厚，不僅互相提醒準時到校上課，考試到了，還會交換筆記，一起熬夜準備，如果有人需要補考，同學就是最好的家教。提到同儕情感，楊志弘說：「年輕人收起飛揚浮躁的心，專注於共同的目標，情感是很不一樣的。」臉上一派溫柔的神情。

值得一提的是，楊志弘讀書的速度很快，很快就把教科書讀完，不耐聽老師慢慢講課的他，因此搬來文學、哲學、藝術方面的書籍打發時間，一學年下來，課外知識增長了不少，他笑稱彌補了升學教育下閱讀課外書籍的不足，而他讀《莎士比亞》讀出了興趣，後來還到外文系選修。

吉他攝影統統行

在社團活動方面，楊志弘大都擔任總幹事，先後為吉他社、攝影社和人際關係社效力。在吉他社時，曾帶著小他一屆的政治系社長葉佳修，巡迴校園趕場跑唱；待在攝影社時，參加沙龍比賽入圍得獎，和當時電子計算機科學系的好友蔡榮豐（曾為御用攝影師，拍攝陳幸妤婚紗照）還在自己的畢業典禮上為全校師生拍照，可謂學校風雲人物。

社調作業改變志趣

系上有好幾位老師的授課風範讓他記憶猶新，系主任楊懋春當時七十歲，在學界的輩分高，請到徐震、蔡明哲、楊孝濚等有名的學者來校任教，對學生幫助很大。楊懋春老師是典型文人，謙恭有禮，治學嚴謹，學生從不敢遲到早退，只是講課速度慢，楊志弘很快就把教科書《我們的社會》讀完，卻不敢翹課。蔡明哲老師當年為剛畢業的年輕老師，待人謙和，尤其關照轉系、轉學生，不論課內課外問題，都熱忱為學生解答。而徐震老師教授「社會工作」、「社會福利」兩門課程，徐老師分派學生進行社會調查工作的作業，楊志弘因此有機會接觸社會底層、較貧窮的生活環境，也才發現有許多人艱困的活著；他記得那是在萬華一帶，窮苦人家在大樓後巷間以夾板搭起房舍，狹小的空間，分成上下兩層，上層睡覺，下層放置火爐、木炭，十分簡陋，勉強可以遮風避雨，夫婦兩人頂多打點兒零工維生，若其中一人生病，全家大小就苦了。這類的採訪調查工作讓楊志弘深受震憾，轉變了想從事廣告工作的志趣，決定投身於社會參與性較強的工作，政治大學新聞研究所於是成為他的目標。經過一年多的準備，東吳畢業後果然順利考取。

畢業即至《中時》任職

楊志弘自小就是作文高手，比賽得獎宛如家常便飯，大四的時候，曾經發表過政論性的文章，頗受各界關注，因此畢業之際，楊志弘便接獲《中國時報》和《綜合月刊》的聘書，他選擇至《中時》做事。他說，剛進報社的時候，連最基本的新聞稿也不會寫，靠著自修、讀書和看報紙學習，一個月後便順利上手，而由於表現優異，短短三個月便升任海外版主編。在工作同時，政大也開學了，他想辭去報館的工作，做個全職的學生，新研所徐佳士老師知道後並不贊同，因當時媒體尚未開放，報紙只有三大張，電臺、電視不多，傳播工作不好找，在老師的建議下，楊志弘過起一邊工作一邊讀書的生活。

他回想起念研究所的日子，每天大約六點鐘起床，準備去學校上課，上完課便搭計程車到報館，大約都是下午兩三點的時候，忙亂一陣，到晚上十一二點回家，才開始準備功課，半夜兩三點就寢，假日不是寫稿就是讀書，雖然長期睡眠不足，但從事自己喜歡的工作、課業，毫不以為苦，反倒興致高昂，甘之如飴。

評論時事壓力大

由於在《中時》負責政治路線，必須評論時事，遭受的政治壓力很大，不像其他同事有家族支持（當時傳播圈裡的多為外省人），他一個本省子弟沒有強硬的靠山，還好有新研所的師長為後盾，情況不妙的時候，老師以監督媒體的角色為楊志弘發聲，大都能平緩下來。

當時同期的有詹宏志、林聖芬、王健壯、林清玄等人，全是臺、政大的研究生，年輕熱情，彼此聲氣相通，常常聚會，對國家大事發表看法。報社老闆余紀忠非常照顧後輩，支持同仁不遺餘力；就在楊志弘上班的第一個月，因為發表一篇政論性文章引來麻煩，文章甚至被提至國民黨中常會討論，情況非常嚴重，楊志弘深受影響，報社負責人自然也難逃干係，但余紀忠先生每次只要見到他，就會安慰說：「不要擔心，我已經解釋過了。」如此的和言溫語前後大約持續有一年之久，讓他深切感受到報社對於員工的支持與關愛，不僅堅定了他的信心，也見識到報人對新聞理想的堅持，不因政治壓力而有所畏縮動搖的決心。

轉任教職兼顧產、學

七十一年，楊志弘還在新聞工作崗位服務的時候，就已受邀至銘傳商專（當時正準備改制為四年制院校）協助籌備校園廣電系統等事務，而這一幫忙就離不開了，楊志弘辭去《中時》的職務，專注於教學工作，並為學校引進許多能力強、操守佳的實務界人士授課。他一方面從事著喜愛的教書工作，一方面也因引薦業界人士進入校園而與新聞界關係密切，兩者兼顧，讓他十分開心。而學校的寒暑假期長，讓喜愛聽音樂、觀賞戲劇的他有充分的自由與時間偕同妻子一塊兒出國欣賞。

偕妻旅遊享受人生

楊志弘與妻子均出身於記者，目前都從事教職，一在銘傳授課，一在文化任職，同樣掌管新聞相關科系。同業同行，有著共同的朋友，了解彼此的生活型態，楊志弘說，有時和新聞界的朋友去吃消夜，凌晨一兩點鐘才回家，太太都能諒解。而由於有共同的假期，夫妻每年都會到國外訪友，或到倫敦、紐約看看戲、嘗嘗美食。生活如此忙碌充實，楊志弘夫婦似乎挪不出時間生養小孩，問及這點，他強調自己是個自私的人，每天工作十多個小時後，只想要有自己的時間過自己的生活，如果生活中有了小孩，就必須妥協而犧牲自我，在和妻子充分溝通後，他們忠於自己，選擇無後主義的生活。

訪談即將告一段落，楊志弘身後牆上掛著《悲慘世界》、《歌劇魅影》、《西貢小姐》等海報，那一場場歌舞劇似乎是他們夫妻二人豐富多彩生活的最好見證，而透過擦得清亮的鏡片，我看見楊志弘純然自信、無怨無悔的眼神……

《雙溪英華：東吳大學建校百年紀念文集》2003 年 3 月

以責任感成就自我──專訪黃炳彰

身著深色套裝的祕書引領我穿越彎彎曲曲的辦公區間路來至辦公室，短短不到一分鐘的路程，手裡仍拿著電話分機，那份兢兢業業的工作態度，似乎可以預見主管的認真和講求效率。祕書端來茉莉綠茶，熱熱地冒著煙，香氣撲鼻，一會兒，總經理黃炳彰從外回來，直接走向辦公桌撥打電話。我悄悄打量四周，辦公室不大，位於西華大樓七樓，收拾得十分清爽，從民生東路那側的透明觀景窗望出去，底下車水馬龍，遠方的山巒則讓人心曠神怡，有種遠離塵囂的味道。沒多久，黃炳彰便落坐在面前，西裝筆挺，臉部線條剛毅，感覺是個對自我要求非常嚴格的人。

誤打誤撞進會計系

問起就讀會計系的原因，黃炳彰解釋，就讀成功高中時對化學不太拿手，所以，大學聯考填志願時只選擇商學系，誤打誤撞之下就進入東吳會計系就讀。當年的系主任是陳振銑教授，在學界享有盛名，開學那天，教授便在新生歡迎會上對他們說：『趁現在好好把前後左右的同學看清楚，看看畢業時他們還在不在！』這句話讓黃炳彰提早做了心理準備面對未來艱難、繁重的課程。果然如此，系上的功課很多，壓力又大，同學之間常常互抄報表，損益表總是借貸不清，從來沒有平衡過，如果算到平衡，就會像中愛國獎券般興奮地大叫。他坦承，課業雖然又難又重，但他不是很用功的學生，成績普通，期末查成績是最要緊的事。有一次，全班僅有兩個同學需要補考，他就是其中之一，而且前一天晚上還跑去跳舞！好險補考過關，讓另一個 K 書沒過的同學很不是滋味。

東吳求學期間，最令他懷念的師長是沈樹雄教授和陳振銧教授。沈教授教的是「初等會計」，講課生動活潑，學生聽講踴躍，教室總是坐得滿滿，晚到的還必須去隔壁搬椅子，請坐定位的同學挪一下位置才擠得進去，受歡迎的程度可見一般。陳振銧教授開設「管理會計」科目，以個案研究的方式上課，六七個學生一組，先就議題討論報告，再接受同學們的質詢，十分有趣。

當時的社團活動不如今日蓬勃，黃炳彰在系學會的總務組幫幫忙，參加系裡的合唱團比賽，其他的時間就拿來擔任家教。他說，那個年代大學生的打工機會不多，同學們幾乎都兼差做家教貼補生活費。

年紀輕輕便擔任主管

畢業退伍之後，黃炳彰順利進入臺塑，根據公司制度，新人必須到工廠實習半年，之後才分發至各單位工作，然而，黃炳彰實習不到兩個月便晉升為部門主管，讓他十分驚訝，「直到現在還是不明白到底是怎麼一回事？」他一臉摸不著頭緒的模樣。之後，黃炳彰至和信集團聯太公司擔任副總經理。

這段期間，黃炳彰歷經娶妻生子的人生大事，他個人氣喘的毛病也藉由基因遺傳到孩子身上。父子兩人常因為氣喘發作數度進出醫院急診室，眼見孩子受苦，黃炳彰打算暫時離開臺灣這個溼熱的環境，思索了許久，毅然遠赴美國。在舉目無親的異國城鎮，還好有夫人所取得的加州護士執照，他們順利開始美國的生活，安心養病。

一九九四年的時候，中信在美國購得數間 Hotel，邀請黃炳彰負責財務，Hotel 行業的版圖自此在他面前展開。沒多久，營運長離開公司，黃炳彰協助處理所有事務，成為主事者。後來，臺灣中信飯店董事長身體狀況不佳，他被徵召回國幫忙，直到如今。

打造「有家的感覺」的中信

接手中信飯店業務之後，黃炳彰認真思索自我和中信的企業定位，他決定將中信塑造為「有家的感覺」的飯店，不論客人還是員工，只要進入飯店就能感覺彼此是一家人；對內部員工來說，工作夥伴有如兄弟姊妹一般，大家互相照顧協助，共同以笑臉迎接客人；對外而言，客人走進中信就像回到家，感覺輕鬆自在，很「easy」。黃炳彰認為，只要飯店具備「家的味道」就能養成顧客在外住宿，立即聯想到中信的習慣。由於「人的品質」向來是服務業追求的要點，給客人的第一印象非常重要，所以，黃炳彰要求女性員工一律化妝，打扮得清爽整齊，男性員工則一律西裝領帶，鞋子必須擦得發亮才行。同時，為了提升業績，每個月固定召開經理會議，各個據點的旅館經理都會就議題熱烈討論並提出觀點，還會針對各館特色詳加規畫，爭取最好的銷售業績。而每年年底也都會就今年的成果和去年所提報的計畫做比較，進而嘉獎或改進。當然，黃炳彰也是以身作則，盡力達成顧客和員工的要求和建議。他隨身攜帶記事本，舉凡客人或是員工的意見、想法，他總會記錄下來，努力完成。

黃炳彰分析自己年紀輕輕便能獨當一面，擔任主管，應和個性有關。他從小就非常獨立，總是自己對自己負責，這樣的性情進入職場後發揮得更加淋漓盡致，自然受到長官的信任與器重。而且，他處事方式獨到，總是在充分地傾聽與溝通之後才去實行，不會一味迎合老闆。回顧這些年來擔任主管的歷程，黃炳彰覺得上頭主管十分信任他，也給他許多揮灑的空間，不論資金調度、教育訓練等大大小小事務完全不過問，全由黃炳彰一力承擔，他也因此更加賣力。擔任總經理一職至今，黃炳彰仍抱持著多為他人設想，與員工充分溝通的信念工作，正因為如此，中信上下和樂一家親，目前在臺灣已有十三個據點，大陸昆山也設立了一個據點，未來，還要朝向本島十五間、大陸五間的目標前進。

個性決定一生

對於目前在校的學弟妹，黃炳彰認為學生首重課業，雖然不必名列前矛，但基本的程度還是必須具備，況且，學生對自己的本分盡心盡力，出社會後也能夠在工作上表現出認真負責的態度。另外，結交朋友能夠拓展眼界，趁著學生時代好好學習和不同的人交朋友、接納不同的想法，不僅能累積人脈，更有益於日後人際來往。運動則是最要緊的事了，個人的運動能夠鍛鍊獨立思考的能力，團體的運動則能夠培養團隊合作的默契，身體健康了，精神也連帶變好，工作帶勁思緒明晰，好處不少，黃炳彰本身非常喜愛運動，每天早上至少運動半小時，冬天上健身房，夏天到室外快走、小跑步，週末則去郊外爬山。天天運動讓纏身許久的氣喘毛病不藥而癒，也使他精神飽滿的開始一天，他笑著說：「喜愛運動的人，個性都不錯！」而由於目前大學錄取率大幅提高，學生素質下降，若想在社會上出人頭地，學生時代就得開始訓練自我能力。隨時把自己準備好、廣結善緣和注意社會脈動都是成功的法門，黃炳彰再三強調，「決定一生的並非學歷與財富，而是個性！」這句話由他口中說出特別有說服力；能夠容忍別人，和不同的人相處，能講好聽的話，也敢講不好聽的話，才有機會脫穎而出！而為了回饋母校，只要申辦東吳校友認同卡，就能以六五折員工價入住中信飯店，黃炳彰對東吳的關懷和用心由此可見！

最後，提及中信飯店在網路上的銷售情形，黃炳彰很開心的展示新版的飯店網頁，訪談就在黃炳彰點選各式選單和茉莉綠茶的香味中漸漸告一段落。

《雙溪英華：東吳大學建校百年紀念文集四》2005 年 5 月

超越平凡的薛明玲

走進「資誠會計師事務所」，親切的祕書立即自櫃檯後起身詢問，將我引領至會議室。星期五的薛明玲執行長顯得一派輕鬆自在，一身藍色的休閒服和長褲，笑容可掬地，很難和印象中精明的會計師聯想在一塊。

捨棄畫畫的夢想

其實他高中以前夢想成為畫家。就讀臺中豐原高中時，學校有兩個「怪才」，一個是他，整日畫畫，另一個則是隔壁班的龔鵬程，整天讀古書，當時的兩人各有各的堅持。薛明玲後來雖沒有走上藝術家的道路，但許多年後的現在，在另一片天空中擁有傲人的一方，真是當初所料未及的事。在臺中長大的薛明玲，由於家庭因素在高一的時候搬到臺北，才深深感覺到中臺灣的人情濃厚，那時班上同學出去玩，肚子餓了便會一塊兒到麵攤吃麵，家境富裕的同學總會替大家出錢，情誼深厚不在話下；但到了臺北就讀板中以後，同學之間計算得很清楚，一切都改變了，加上之前父親為人做保而擔負債務，寬裕的家境一夕轉變，薛明玲更加確定年少的夢想一去不回，他心想：「藝術家只有兩種，一種是早死的，另一種是終生潦倒的。」因為如此，薛明玲選填志願時，捨棄了鍾愛的美術，選擇他一無所知的會計系。

師長的教誨影響一生

當年會計系的創辦者陳振銑教授是改變薛明玲一生的人，不僅是恩師，還是引領他進入資誠的關鍵人物。陳教授是個慈祥的長者，然而對於學生，除了要求還是要求。薛明玲以充滿感情的語調提到，陳教授的領導風格非常強勢，總是以最嚴格的標準考核學生，不僅在學業上要求第一，連校內運動會也要學生拿冠軍，教授常常鼓勵學生:「平凡人要做不平凡的事！」這句話後來便成為薛明玲勉勵自己的話語。最特別的是，陳教授為了要讓夜間部的學生也能親炙名師，只在夜間部教授「管理會計」的課程，薛明玲覺得權益被犧牲了，年紀輕輕的他一股熱血自胸中升起，他強烈抗議教授的不公，沒想到，這樣的舉動竟獲得教授讚賞，即刻便被要求至夜間部旁聽，而薛明玲也乖乖地每堂必到。「如果把陳振銑老師比喻為波濤洶湧的大海，那麼王量老師便是平靜無波的江河。」薛明玲說道。王量老師是當時的系主任，為人內斂，學養豐富，而且非常照顧學生、十分注重學生的人格發展，目前擔任東吳的商學院院長，「可以說將生命全奉獻給了東吳會計系」。

為朗誦比賽苦練國語

談到社團生活，薛明玲可謂系上的風雲人物。首先是接了系上會計學報的主編工作，和師長同學們的互動密切，進而又獲選成為詩歌朗誦團團長，而由於薛明玲是臺中人，國語不比北部同學，在要求字正腔圓的朗誦團裡，他每每以嚼口香糖的方式在練習時矇混過關，不料，指導老師瘂弦的作品中有一句「失去了！失去了！」要求身為團長的薛明玲獨吟，他只好硬著頭皮出聲，立刻被「抓包」，還好經過加緊練習後，他順利完成任務，也帶領團隊得到亞軍的榮譽，寫下精彩光輝的一頁！

而現在回想起大學生活，薛明玲覺得當年閱讀了許多課外書，拓展了他的視野，豐富了他的背景知識，相對於只讀教科書的會計系學生，薛明玲對事情有更加精準的判斷。

過關斬將進資誠

由於對陳振銑教授的崇敬之情，薛明玲年年寄卡片問候師長，而陳教授也對他在校的表現印象深刻，曾要薛明玲退伍後至資誠會計事務所試試。退伍後，薛明玲果然去考試，在三百個競爭者中，擊敗兩百五十人，獲得口試的機會。口試完畢後，薛明玲直接去探訪老師，老師調來他的成績，看了看，笑一笑，薛明玲知道自己可以進資誠工作。在資誠工作了三年，他覺得自己該懂的全都懂了，決定離開，剛好那段期間陳教授生病，辭呈才能順利批准，薛明玲笑說：「那時年輕氣盛，一時想不開，不然，從東吳會計畢業的學生一個也不敢辭！」陳教授知道以後，立即打電話給他，苦口婆心地提醒：學會計還是要走專業，惟有專業才能累積實力、有助於未來等等，講了二十分鐘，完全不顧祕書在旁拿著要緊的公文待辦。

兩個月考取執照

之後薛明玲到中部一間律師事務所工作，臺大法律出身的老闆教了他許多，使他得以跳脫學校所學的會計學思考模式，從法律經營的層面看待問題，這個全新的領域鍛鍊他會計、邏輯等方面的思辨能力，更奠定日後的發展。在律師事務所待了近一年的時間，薛明玲決定考會計師執照，於是毅然辭去工作，天天到考上研究所的會計系同學的研究室讀書，兩個月全心全意地投入，結果順利考取。談到此處，薛明玲不吝分享考上的祕訣：一是剃光頭，因為最大的敵人是自己，剃光頭後不會到處亂跑，只能乖乖讀書；二是離家出走，家是最舒適的場所，待在家裡無法專心讀書；三是不吃牛肉，到現在仍是如此。

他說：「只要有興趣就辦得到，考取執照是很簡單的！」但他不諱言指出，現在學生用功的很少，更別說痛下決心的了。

從容面對工作

值得一提的是薛明玲每天早晨七點半之前必定抵達公司，主要是因為不喜歡被動的生活。他說，早些出門送孩子上學，可以培養親子關係，也可以避開塞車的時段，而提早進辦公室準備，能夠有更充裕的時間面對無預期的工作和電話，像是演講、邀稿之類的事務，可說一舉數得。

得英才而教之

從八十二年開始，薛明玲便在清華大學授課，主講「財務管理」一門。他坦言本想教授本科──會計，沒想到被要求教授從未接觸過的課程，因此蒐集並閱讀國內外相關書籍，再加上個人投資理財的經驗為授課內容，這種結合理論與實務的教學方式，引起學生熱烈的迴響。去年更在該校 EMBA 開課，與新竹科學園區的新貴在課堂上的熱烈討論，常激起意想不到的火花，從中體會不少教學相長的樂趣！

努力再努力才能成為人才

問起對學弟妹的勉勵，薛明玲提起當年進入資誠工作的情況。那年，公司總共新聘十四名員工，東吳占了四位，其他則為臺大、政大和留學歸國的畢業生，面對同期夥伴，他心想：「當初聯考輸了他們一百多分，雖在東吳會計系時追上五十分，可他們的外語能力強，還是差了他們一百多分。」所以他努力加班、拼命學習，緊緊在後追趕，很快地超越他們。而在當今研究所大學化、大學專科化的教育體制下，東吳錄取的學生已不如從前，他表情嚴肅地指出，雖說資誠的合夥人三分之一以上是東吳人，但在專業能力和工作態度的考量下，勢必以錄取優秀的人才為先。可是他也提到，東吳會計系因為學校嚴格把關，加上畢業校友認真努力，在業界獲得了高度的認同，這樣的風評必須靠校方、學弟妹和業界校友的共同努力才能持續下去。他期許在校的學弟妹，除了嫻熟理論，具備一定水準外，還要勻出時間接觸有意義的事、開拓眼界。「人才就像是裝在麻袋裡的釘子，總會露出來！」他說，專業能力需要長時間的積累，不必強出頭，只要把基本面做好就能被發掘，因此，凡事盡心盡力去做，不必在乎公不公平、主管是否看見的問題。薛明玲語重心長的表示，七年級生的創新能力強、反應敏捷，若能學習三四年級生不怕苦、全心投入、肯衝肯拚的優點，必定有所作為！

期許東吳全力發展特色

而系上同學的感情更是出了名的融洽，畢業後，年年都攜家帶眷開同學會。聚會的時候不免提起從前大學時光，當然也對母校多所期待；薛明玲認為法律系和會計系是東吳引以為傲的科系，兩科系的優良傳統在業界和學界都非常有名，校方若能積極吸引優秀的學生就讀，應更能突顯東吳的特色。他建議母校鼓勵高中生以東吳法律系或會計系為第一志願，校友會將幫忙補助學雜費，同時獎助成績優異的畢業生至法律或會計事務上班，如此結合所有資源，一定可以將東吳的名氣提振起來！提起這件事，薛明玲的語氣有少見的激動，他大方允諾只要校方將計畫規畫完成，資誠一定全力配合！

訪談告一段落，薛明玲帶我走出會議室，一路行至電梯前，才發現門口櫃檯旁便是陳振銑教授的銅像，他腳步稍微慢了下來，望了一眼，再一眼，那句「平凡人要做不平凡的事！」彷佛也在我耳邊迴響起來。

《雙溪英華：東吳大學建校百年紀念文集四》2005 年 5 月

影響一輩子的話──專訪林秉彬

對於林秉彬而言，進入東吳的第一天，學校師長對他的影響已然開始。

「有沒有哪位同學考上臺大不去念，而以東吳做為第一志願？（臺下同學四面張望，一片靜寂）考進東吳的學生只能算是三流，我不希望你們四年畢業後也只有三流，至少也要有二流以上的水準！」這是石超庸校長在民國五十六年新生訓練時所做的開場白，坐在臺下的林秉彬深深記取著，成為他大學四年來不斷惕勵自己的話語，進而成為他日後事業的墊腳石。

林秉彬大三的時候，端木愷先生接任校長，中午常安排與各年級各班學生幹部用餐，除了瞭解學生在校學習的狀況，勉勵大家認真讀書，還希望學生在畢業後能多「管管」學校。他引述端木校長提出的三種關心母校的方法：「繼續深造，之後回校任教，提升學術風氣；到政府機關做事，從政府立場幫助學校發展；從商賺錢，回饋母校。」林秉彬娓娓道來，語氣毫無停滯，彷彿時時回想似地。端木愷校長在餐敘時透露，衛理教會在臺灣本來資助東吳、東海兩所大學，但由於政策改變，只願繼續支持東海，要求東吳成為東海的法商學院，校長拒絕合併，於是學校經費銳減，因而決定發展城中校區，不再進行小班制教學，藉此期望收支平衡，讓學校生存下去，即使被罵成「學店」，只要對得起良心便無妨。林秉彬說，端木校長那時的語氣雖然輕鬆中帶有一絲戲謔，但可以感覺到一股沉沉的擔子壓在校長肩上，他深受感動，想為母校貢獻點兒心力的念頭悄悄埋藏在他心田。畢業後因此熱心參與校友會活動，出錢出力不落人後。

師長要求嚴格

在本科經濟系，有好幾位老師對林秉彬的影響也不小。

鄧東賓老師甫從國外進修回來，教授「經濟思想史」課程，他捨棄舊有的教材，採用國外最新的書籍、資料，鄧老師曾說，使用最新的資料，一方面是逼自己讀書，一方面也能培養學生的世界觀；而商學院院長吳幹也帶領學生與世界潮流接軌，吳幹年輕、充滿熱忱，口才好，講理深入，觀念新，教材也新，很受學生愛戴。

侯家駒老師則是位非常嚴格的老師，曾有當掉七十多個學生的記錄。「計量經濟學」本來是系上的必選課，改成選修課後，約有十個學生修習，小班上課，師生之間的互動良好。侯老師當年隨著軍隊撤退來臺，雖然沒有大學學歷，卻靠著自己刻苦學習，拿到研究所文憑，林秉彬從侯老師身上學到許多做學問的方法。前幾年，侯老師退休，校友會感念老師，舉辦了榮退餐會，也為老師設立基金會，前臺大校長孫震與會，直說自己退休時沒有如此熱鬧，也沒有如此感人的師生情誼，很是羨慕。說到這兒，林秉彬不禁露出得意的笑容。

「學業、愛情、社團」三大學分獨鍾學業

在校時期，林秉彬並不熱衷參加社團活動，偶爾到橋牌社切磋牌技、到合唱團練練唱，大部分的時間都拿來修課、讀書，畢業的時候，比其他同學足足多了三四十個學分。問起為何修習這麼多門課程，他坦承受到石校長新生訓練時一席話的影響，為了讓自己成為「二流以上的人才」，林秉彬努力加強英文，讀原文書時，儘量不依賴翻譯本，也不用中文參考書，同時到外系選修管理、會計方面的課程，「因為不知道出社會

後究竟會從事什麼職務，多學點總是有幫助」，他說。而事情正如他所預料的，至企管、會計系選修的課程，在往後事業經營果真派上用場。

兵役期間勤讀報

民國六十年畢業後，林秉彬考取了預官，在兵工廠服役，固定的上下班制，使他有時間充實自己，不間斷訂閱的《經濟日報》使他不致於與社會、世界脫離。即將退伍之際，他獲得面試機會，他記得主考官不設主題的和他閒談，談到當前的石油危機時，他憑藉平日自報上讀來的訊息舉一反三，侃侃而談，加上英文程度不錯，順利得到第一份工作－貿易公司的業務員。

這家貿易公司的規模不大，只有六個人，但同仁們衝勁十足，工作到晚上八九點是很平常的事。林秉彬當時有做不完的工作，接不完的訂單，薪水雖然微薄，但很有成就感。在大夥兒以公司為家的拚勁下，兩年後，員工擴展為四五十人，看著急速發展的公司，林秉彬以為這兒便是一輩子的歸處了。沒想到，小公司擴展為大公司，企業文化也隨著改變，他終究選擇離開。

一步一腳印成就事業

幸運的是昔日同窗恰好於此刻和他聯絡，商討籌設紡織工廠的事宜；這個領域與林秉彬先前從事的工作無關，既不用擔心做得好，有搶走以前老闆客戶之嫌，也不用煩惱做得差，似有能力不足的顧慮，他因而爽快答允，負責貿易部分。由林秉彬、好友及好友剛退伍的弟弟組成的三人公司、資本額三十萬元，於是正式營運。

民國六十五、六十六年的時候，只能用電報與國外貿易，速度很慢，林秉彬想改以出國拜訪客戶的方式開發市場，他花了三個月，從中東開始，向歐洲、美洲前進，繞行地球一週，「這一趟有標竿性的作用，是公司跨出去的第一步」，他表示。之後從南美洲著手，先攻占小的市場，打穩基礎後，再逐漸擴大，七八年後順利分得美加市場這塊大餅，直到現在，即使經濟不景氣，由於公司體質好，影響也有限。

談到經濟不景氣，林秉彬以下雨天來比喻。景氣不好就像下雨天，想出門的時候，只要有防護措施，像是雨衣、雨傘，即使會濺到雨水有些不方便，但不致於出不了門。他進一步說明，景氣好的時候，大家都能做生意，區分不出高下，而景氣差的時候，買方則會挑供應商，此時三流廠商首先受到衝擊，二流也有被淘汰的危險，而一流廠商則因設備、準備較為充分周全，雖受波及，仍能生存。

回顧出社會工作以來，林秉彬牢記在心的有兩段話：「做生意發達，要靠好時機，這種好時機，一輩子只有兩三次」以及「成功是先有必勝的準備才去打，失敗是先去打，再找出勝利的方法」。他視這幾句話為座右銘，並下了註解：機會來時，我們常常沒有感覺，等到機會溜走了，才感嘆扼腕，所以，隨時將自己準備好，凡事儘量去試，就能掌握成功的機會！

培養兒子接班事業

林秉彬有計畫地培養孩子成為接班人，大兒子今年結束日本的學業，到美國攻讀碩士，小兒子則剛剛從輔仁大學國貿系畢業，目前在當兵。對於一雙寶貝兒子，他給予相當大的成長空間，尤其重視參與社團和學習運動技能。林秉彬認為大學四年是人生黃金時期，沒有壓力，沒有負累，應趁此機會多加強語言、人際關係等出社會必須花錢、花時間學習的東西。參加社團可以認識朋友、學習如何與人相處，擁有游泳、球類運動等技能，既能健身，又能拓展人際關係，有助於日後商機的取得。但他也強調，書是一定要讀的，所以一學期最多只能參加兩個社團，「可不能玩得太過份了！」他呵呵笑著說。此外，拜訪外國客戶時帶著兒子一同前往，豪華的屋宇，席間的英語交談，都會讓孩子心生嚮往，發奮充實自己。

時間在熱烈的交談中不知不覺流逝，已近晚餐時刻，訪談便在林秉彬談論愛子滿足愉悅的氣氛中結束了。

《雙溪英華：東吳大學建校百年紀念文集》2003 年 3 月

閱讀，沒有疆域—專訪潘小慧

潘小慧從小喜歡讀書，只要是上頭有字的，她都有興趣瞧瞧，即使面臨升學的國中時期，她也曾經一天讀完一本小說，考進中山女中之後，仍然維持每週看一本課外書的習慣。

進入東吳哲學系，潘小慧跟著老師研讀《論語》、《莊子》等原典，踏踏實實地理解字句文義。她認為，知道某人主張什麼是不夠的，重要的是某人為何這樣主張，這是閱讀，也是做學問的基礎。她秉持這樣嚴謹的治學態度，一路行來至今，目前專心從事中西哲學的會通，並且為兒童設計哲學課程。

潘小慧隨時隨地都能閱讀，無論開會、約會、坐車還是美髮沙龍；包包裡頭也一定有書，絕不浪費時間，目前的手邊書是《耶穌在哈佛的 26 堂課－現代人的道德啟示錄》。她說，這本書應用聖經故事，以哲學和神學觀點談論周遭種種。作者提供一種思考途徑：「設想耶穌會怎麼辦？」做為智慧不足，不知該如何正確抉擇時的準則。反觀中國，孔子提的是「汝安則為之」，「可是，如果良心被狗吃了的話，做什麼都不會不安！」她笑得爽朗。相較於西方哲學的超越性，中國哲學說得不足，但她絕不離棄，因為這是自己的文化。

閱讀題材涉獵廣泛

問及最喜歡的作家，潘小慧不假思索說是子敏。她打從年輕時開始閱讀，著迷於文字的溫暖有情，每一本都熟得不能再熟，對於子敏的妻女、寵物和家庭生活，可說如數家珍。

她的閱讀興趣太廣泛，除了哲學專業書籍外，舉凡科普、史地、美術、文學都有，細述的話有美學、藝術、歷史、音樂、旅遊、植物、攝影、兒童繪本、古蹟建築、文學獎作品、言情小說、文學理論、烹飪食譜、腦筋急轉彎、心理測驗、頭髮編織等等，更別提古籍原典和一套套不同門類的百科全書。

最常買書的地方是網路，點選、付費、送貨一氣呵成，不出門也方便。最怕逛實體書店，一進去非個把小時出不來，勢必得扛一大箱書回家。一般人是出門旅遊買紀念品，潘小慧除了紀念品還帶買書，每到一處，一定在當地買好幾本地圖、旅遊書，每次參觀展覽，也一定帶回相關書畫。長年累月投資的結果是上萬冊圖書，它們全都落腳「德馨齋」。

書香滿室開闊人生視野

「德馨齋」是家中書房，名稱源於「惟吾德馨」。潘小慧與同為學者的先生一塊兒設計了藏書票，翻開早期購置的書，可以在扉頁看到編號的書票，後來因為書本實在太多，來不及編，只得作罷。她總共有四間書房，除去研究室、辦公室，還有家裡兩間，仍然不夠，兒子、女兒房裡的書櫃被她占用，後陽臺也滿滿的，統統是書。潘小慧說，「買房子的時候，最先看的是有沒有一大片牆好做書櫃，其他的都不重要。」

她打通了書房與臥室。書桌是好大好大的工作桌，兩頭各有一張小書桌，分屬夫妻兩人，多數時間各讀各的、各做各的研究，偶爾聚在一塊兒討論。家庭會議或朋友來訪時都喜歡往書齋跑，清出工作桌的一角，就成了茶几，「我們常在那兒招待客人。」

訪問過程中，潘小慧不斷強調讀書和旅行對於人生的重要，「現在的學生大都只關心自己和身邊的事，太狹窄了！」透過閱讀和旅遊能讓視野寬廣、心胸開闊，認識、尊重別的文化，並且從此成為不同的人。「要從哪一類書籍著手呢？」我問，她的回答直接率真：「什麼類型都要讀！」

《雙溪英華：東吳大學建校百年紀念文集四》2005 年 5 月

隱身幕後，踏實做事——專訪翁建仁

「人生是場馬拉松賽跑，沒有輸贏，只有領先或是落後。」向來寡言，不喜歡接受採訪，習慣隱身幕後的翁建仁，開口便是歲月積累的智慧，沉穩又犀利。

熱愛電影的文藝青年

在基隆海港長大的翁建仁，想像力特別豐富。小時，他常常面對進出的船隻、來往的異國旅客，編織幻夢，長大些之後，與臺北同步放映的電影在他眼前展現神奇精采的世界，成為當時最愛。高中時期，翁建仁和一群同學對於電影特別有想法，他們著迷藝術電影，想走理論路線。便在大學畢業前夕，這個年少的夢想，和企管共同列為進修選項。他向父親提起去國外讀電影，父親說：「好啊！讀企管的話，我幫你出學費，可是讀電影的話，學費要自己出……」翁建仁毫不猶豫，心甘情願地選擇了前者。

東吳歲月，多采多姿社團生活

回想東吳的歲月，翁建仁嚴肅的臉上有了笑意。商數系在城中區上課，因為靠近西門町，大夥兒常常蹺課相約打撞球、看電影，特別是他們那群A班同學，愛玩又忙社團，曾創下班上同時有六個社長的紀錄。面對嚴格的點名制度，他們總是把公假全部請完，「請到不能再請！」翁建仁笑呵呵地說。他本身擔任了系學會總幹事和基友會會長，並且幫同學的社團充當人頭，填了好幾張入社申請書，像是登山社、集郵社。原以為是好友間的義氣相助，沒想到，繳交社費的時候，也必須友情贊助，讓他啼笑皆非。輕忽課業的結果便是四分之一的科目以六十分低空飛過，讓系主任謝志雄擔心叨念了好一陣子。前幾年，商數系請翁建仁回校與學弟妹座談，謝志雄老師當時已經生病，行動不便，仍然現身會場向他致謝，讓翁建仁非常感動。

印象深刻的還有教授「統計學」和「高等統計學」的老師張紘炬。張老師曾在課堂中強調，只為八十分以上、成績優異的同學寫推薦信，其他人免談。翁建仁的成績並不出色，高統甚至二修。可是他畢業後想出國讀書，需要推薦信，只好硬著頭皮回校請老師幫忙，不料，老師一口答應，說：「你們這幾個例外。」他好奇地問為什麼？「你們雖然混，但我看見會成功的特質。」這麼多年過去，翁建仁果真不負老師的期待。

毛遂自薦，效力宏碁

進入宏碁是翁建仁數度自薦的結果。當時，宏碁剛起步，在業界裡的名氣不大，一回，他聽到朋友轉述施振榮的故事和話語：「員工的學費由公司負擔，員工做得越久對公司越有好處。」翁建仁深深感動，主動投遞履歷，前兩次石沉大海，直到第三次才獲得面試機會。面試共三關，前後十一位主考官，他們最重視的是進入宏碁的原因，與公司理念是否相符，學歷和經歷反而其次。他一開始由業務做起，後來奉派到拉丁美洲和英國設立分公司，每週工作七天，週一至五忙著面試找員工、了解和開發市場、服務客戶，週末則身兼會計做帳。回臺之後擔任總經理的特別助理；在宏碁裡頭，特助是個接受訓練的職位，表示即將肩負重任。半年後，翁建仁成為產品總經理，開始了非單一功能的整合性職務，掌控監管著產品最初的發想、製造到末端的銷售，工作繁重，壓力巨大。

翁建仁在宏碁一待便是二十多年，期間數度被離職自行創業的同事高薪挖角，但他均以價值觀不同婉拒。他語重心長地說，宏碁還不是大品牌的時候，員工想的是「我能為公司做什麼」，而當宏碁從默默無聞成為國際知名，新進者的想法變成「公司能給我什麼」。對他這位資深的宏碁人而言，當年的感動和想為公司做事的心情數十寒暑不變，同時，宏碁不斷調整組織、修正方向的求新求變，也是他不需要離開的理由。

因為賣命打拚，表現出色，翁建仁在一九九九年當選全國十大傑出經理。榮獲國家肯定，在宏碁裡一路晉升，現為資深副總經理暨資訊產品事業群總經理。他自謙是站在幕後的人，現階段目標為努力結合技術與人的行為科學；永續經營 acer 品牌，在後施振榮時代，培養下一代接班人，同時建立永續經營的制度，讓企業持續轉動，追求卓越。「成功的企業要靠好幾代的經理人。」他平淡的語氣隱藏不住對宏碁濃濃的情感。

工作繁忙，享受平實家庭幸福

既然全心投入事業，翁建仁與家人相處的時間自然減少許多。一九九〇到一九九八年擔任專案經理，工作異常忙碌，沒日沒夜的，他戲稱那是段「老大的時代」。夜裡小孩起床尿尿時，他還沒到家，小孩看見的是空床位，而小孩早晨醒來的時候，他已在刷牙洗臉準備出門；週末假日早上，總是聽見「媽，我可以叫爸爸起床了嗎？」「再等一下，爸爸昨天很晚回來，讓他多睡一點。」的對話。還好，最辛苦的時間已經過了，這幾年，年輕人逐漸接手，翁建仁六點鐘可以準時下班，即使在外頭談公事，也儘量九點前結束，回家陪伴親人。昔日沉浸於伍迪艾倫藝術電影的文藝青年，如今是和兒子一同觀賞《命運好好玩》的父親。

東吳殷實風格，影響深遠

「哪種人生是好的，哪種人生是壞的，我們永遠不知道，也永遠沒有答案。」翁建仁以父親對待他的方式，對待自己，也對待三個兒子，並且堅持「把自己選擇的做到最好。」他期許學弟妹保持學習的欲望，「即使玩社團，也能有自己的一片天！」不論學業、社團還是人際關係，只要全心投入與付出，都會累積成為未來所得，成為自身財富。

問及目前最大的心願，他說是回基隆陪伴雙親，閒暇時穿件短褲頭，趿著拖鞋，晃去廟口小吃。呵，平淡平凡裡的幸福耐於咀嚼，最有滋味，一如他推崇東吳的「殷實」，也一如他純樸踏實的個性。

《雙溪英華：東吳大學建校百年紀念文集四》2005 年 5 月

如此執著，如此浪漫——
專訪紀錄片《無米樂》導演顏蘭權

她非常忙碌，只能以電話採訪，且前一天才能確定時間。好不容易約定了晚上十一點鐘，顏蘭權稍有空檔的時間。

編輯校刊連連得獎

回想起大學時代，她和班上同學的互動不多，倒是在社團花費了許多心思和時間。印象最深刻的就是編校刊《東吳青年》了。她提到接任總編輯的緣由，因為她一直對傳播有興趣，當年拿到校刊的時候，覺得言之無物，年少輕狂加上一時衝動，便拿著校刊跑去找總編，劈哩叭啦地罵了一頓，沒想到當時的總編不但沒生氣，還覺得她有想法，立即邀請顏蘭權進社團。接下總編一職後，她基於應該有更多人關心臺灣的想法，設計了近四十年來大學生對思想、文化的發展和認知的專題，設計許多問題並訪問很多學生，同時找了許多人整理資料。大四那期則是新詩專輯，她笑說：「實驗性質很強」。由於當年正好與一群有想法的學生為伍，像是須文蔚等人，所以編起校刊來意興昂然充滿熱情。一般而言，總編輯一年後就要換人，但她的情況特殊，編了兩期才離開。顏蘭權擔任總編輯期間表現亮眼，校刊連連獲獎。

除了校刊，顏蘭權還曾在話劇社擔任編導一職，執導《仲夏夜之夢》，「只是為了好玩」，她坦承。因為當年十分熱愛小劇場，她看了許多戲劇作品，那些舞臺布置、舞臺妝、布景都讓她異常著迷。

印象較深的師長是孫大川老師，因為參與讀書會，她形容師生之間有如朋友，彼此互動良好，較為親近。問及對她影響較大的老師，顏蘭權想了想，「沒有」，或許因為很清楚自己的目標和志向，總是自己摸索著向前進的關係。

塗黑房間，半夜聽莫札特

顏蘭權「因為年少輕狂，不在乎什麼，想做就放手去做，只為了留下美好的記憶。」她曾經一整年瘋狂於莫札特，錄音帶一塊接一塊的放，白天聽，夜半也聽，鄰居受不了，隔窗罵人，她仍照聽不誤。她認為自己個性「稍微孤僻」，曾把自己在外租的房間漆成黑色，連窗戶都不放過，房東氣極了。還好，退租的時候將一切還原，沒惹上什麼麻煩。她用力過每一天，如此執著，如此浪漫。

以哲學與社會學涵養自己

雖然早在十五歲的時候便立志走影像，但顏蘭權很清楚：臺灣的電影戲劇環境以師徒制為主，外人難以進入。但她不放棄，進入東吳後，一方面在課業上預做準備，以哲學和社會學增加心靈的厚實度，另一方面，則是將出國念電影掛在嘴邊，不斷叨念著。就這樣，抱著自己總有一天能走上影像之路的信念，再加上父親的寵愛，家境小康的她終於一償宿願，遠赴異地求學。而這條不歸路走來十分辛苦，「年輕時哪知道！」她大笑著說。

《無米樂》的「力量」直入人心

提到備受矚目的紀錄片《無米樂》，顏蘭權直說是意外。「這不是部討好觀眾的影片」，她強調。因為長年駐點拍攝的關係，顏蘭權和片中阿伯、伯母們有了深厚的情感，但一般人沒有，不容易產生共鳴。所以她拍好後，曾邀請二十多個朋友先睹為快，同時要求大家做筆記，把想睡著的地方記下來。她參考大家的意見，前前後後修剪了三個多月，期間不斷告訴自己：「即便現在這部片沒有價值，但二三十年後一定有價值。既然決定推出就要好好推，我儘量做，做到哪就算哪」。她靠著這樣的信念撐下來，也早就做好賠錢的心理準備。不料，這部片大獲好評。

因緣既會下，《無米樂》上院線，直到現在，她對於片子受到觀眾喜愛一事仍然覺得虛幻。「沒有衝突點的片子會有人想看？」她非常懷疑。當初和莊益增導演撐著拍完，曾向拍攝對象說的話：「不知道有沒有人會看，但電視會播」，言猶在耳，現在卻有接不完的採訪、一場接一場的座談會，以及網路上沸沸揚揚的討論留言，都是正面、支持與鼓勵。顏蘭權推測片子受歡迎的原因，她想遠溯至最早、最初內心的悸動；那時，因為看見「力量」，她愛上了臺南後壁鄉的阿伯、伯母，或許，現代人就是缺乏「力量」，才會被《無米樂》深深感動吧！

而在中南部參與影展的時候，顏蘭權曾對在座學生說：「《無米樂》打破了既定傳統裡對影片的想像。影像上的老人沒有吸引力，而兩小時的長度不適合觀賞，這是部不被看好的片子。即使如此，我們還是用想像去做了想做的事。」顏蘭權認為臺灣這塊土地是很虛弱的，吞噬掉許多人的努力，但她希望這十年來的努力，能讓更多人知道目前的狀態，讓臺灣有進步的可能。對她來說，《無米樂》把對生命的想法還有生活文化保留下來，但這只是第一步。

顏蘭權語重心長地說，臺灣拍片的人越來越多，但觀看人口並沒有相對成長，她鼓勵大家可以到電影資料館或收看公視的「紀錄觀點」，從中尋找有興趣的主題，只要覺得吸引人、好看、能夠牽動內心就是值得觀賞的片子。

年輕就是本錢，不受限於規則

對於在校的學弟妹，她建議不要受限於既定規則（這同時也是她的人生觀），努力去做一件事，勇於面對社會。至於想從事影像工作的學生，則必須尋找涵養自己的東西，也就是能讓自己成長、厚實的東西，比如藝術、哲學、社會學等等，像歐洲的導演多半是美術系出身。她不諱言，一般人看到的影像工作者都是炫麗奪目的，但那只是外表，這條路其實很辛苦，資源的缺乏或心靈的煎熬都很辛苦，要有走上不歸路的心理準備。

顏蘭權講話的速度很快，個性非常直率，雖然透過聽筒看不見面部表情，但喜怒哀樂想必全寫在臉上。採訪當天，她為了拍攝等事宜往返臺北、臺東，但訪談過程不時傳來的笑聲感受不出絲毫疲憊，「每個人都該好好珍惜生命，活得精彩、活得像自己！」顏蘭權說，而她執行得異常徹底。

《雙溪英華：東吳大學建校百年紀念文集四》2005 年 5 月

施淑：傲岸簡練的淡泊者

施淑，本名施淑女，出生鹿港。成長在經商家庭，父親重視教育，對男女一視同仁，子女多出國留學，施淑也不例外；自淡江大學中文系，臺灣大學中國文學研究所碩士畢業後，再至加拿大不列顛哥倫比亞大學亞洲系博士班研究。

施淑的研究範疇初始為古典文學，博士班後乃轉進現代文學領域。她治學嚴謹，研究範圍遍及中國現當代小說、臺灣文學、文學理論與批評、滿州國文學現象等，學術研究之路恢宏開闊，評論有成，備受學界讚譽，而其間研究路徑的轉移推展有其原因。

就讀臺灣大學中文系及研究所期間，施淑師事許世瑛、葉嘉瑩、臺靜農等教授，研究範疇為古典文學，她雖從葉嘉瑩的課領略傳統詩詞之美，但囿於時代和個性的緣故，「雖對古典文學有興趣，但不免感覺遙不可及。」她說。課業之外，施淑持續閱讀向來喜愛的現代文學，包括當時風行的西方現代主義小說，魯迅、大陸三〇年代及臺靜農年輕時期的小說作品。施淑表示，由於正值白色恐怖時期，當年只能偷偷閱讀這些來自臺北牯嶺街舊書攤，以及不知從何而來的禁書。她特別記得大三暑假，許世瑛老師借給她一套《聞一多全集》，小心叮囑這是禁書，不能讓別人知道。就是聞一多的《死水》、《紅燭》讓施淑發現徐志摩以外的五四新詩世界，而由《神話與詩》，她認識到中國古典的新詩詮釋途徑。

當時，臺灣僅能讀到徐志摩作品。

投入臺灣現代文學的研究

由於六〇年代，臺灣開始引入比較文學和西方漢學研究，嚮往比較文學研究的施淑，取得碩士學位後，即前往加拿大不列顛哥倫比亞大學進修，學習西方文學理論。在不列顛哥倫比亞大學與哈佛大學裡的亞洲圖書館，她看見收藏豐富的中國三〇年代，以及一九四九年後的文學作品，欣喜若狂，決意以現代文學為研究主題，卻苦於找不到指導教授，加上其時保釣運動和大陸文革興起，施淑忽覺自己到國外學習中文的可笑，即收拾行裝返臺，「可惜了一大堆在加拿大購買、影印的書籍和資料，全因戒嚴時局無法帶回國。」她不無遺憾地表示。

回到臺灣後，施淑因曾讀到大陸作家胡風選譯的小說集《山靈》，書中收錄了朝鮮作家的作品，以及楊逵的〈送報伕〉、呂赫若〈牛車〉等，這是她首度接觸日據時代臺灣作家的小說，「非常震憾，社會主義思想強烈！」她說，因而意識臺灣文學值得探究之處。正好成功大學的教授林瑞明和詩人羊子喬主編《光復前臺灣文學全集》，施淑深感興趣，便以此作為研究素材，投入臺灣現代文學的研究。

而後教學研究領域兼及大陸作家的作品；一九八〇年，大陸改革開放，文革後的新時期文學作品質佳量多，一時成為研究熱點。之後，臺灣日據時期的文學作品吸引了她的目光，成為接續的研究主題，施淑對於其時的時代背景、左翼知識份子的文學思想等見解卓著深入。而近期則研究滿洲國的文藝現象，她表示，滿洲國遭受日本殖民統治時，受日本軍國主義影響極深，社會制度、文學取向、政策與日據時代的臺灣，全依日本法西斯思想而行，文藝作品頗富研究價值，加上語言文字同為中文，閱讀不成問題，於是投入心血鑽研。

施淑的左翼色彩強烈，認為心中懷抱理想，生活的意義得以彰顯，人生才有價值；因隨自己的生命步調前進，不在意他人眼光和看法，施淑名利之心淡泊，程度可說是「淡泊天真到令人髮指的地步」，一位和施淑相熟的研究生表示。她對外界榮辱置身事外，完全不論他人是非和學界祕辛，只談學術、藝術、時事和有趣的事。

施淑自加拿大返臺後應聘至淡江大學，教學生涯自此三十年。從未離開淡江中文系，一方面基於母校的情感，一方面是因為學生。她說，從前大學聯考錄取率低，考上淡江不乏優秀但考試失常，或具偏才的學生，他們在小說創作、文學評論方面的表現出色，教起來頗具挑戰性和成就感。此外，學生大都活潑調皮，不按牌理出牌，這對自稱「不是乖乖牌」的施淑而言氣性相近，相處起來比較愉快，不過，「那是從前」，她強調，「對現在的學生則越來越無法理解了。」

對學生而言，施淑是嚴格，不易親熟的老師。一般修課學生便罷，與老師的關係較不密切，但對研究生來說竟也是。施淑慎選指導學生，且同時間不超過五名，是位真正閱讀學生論文和相關文本的教授。然而親如論文指導學生，常和老師見面、談話，也苦無機會拉近距離；他們都是先交出部分篇章，相約之後在研究室討論，結束正題後便離開，很難與施淑相約用餐。不過，有幾個研究生在成為施淑的學生十多年後，終於和老師較為親近，曾一塊兒吃飯談天；研究生提起兩次在住處與老師聚餐的經驗，極為珍視且直呼難得。值得一提的是，一回施淑去大陸參訪，在北京機場買回香菸「黑色俄皇」，她覺得不錯，送給了學生，對人際相處安全距離較遠的施淑來說，這已經是非常親暱的舉動了。雖然僅與少數學生親近，但施淑深受大部分學生喜愛與尊敬；她從未依恃學界崇高的地位與淵博的學識而輕視、壓榨學生，認為他們是自由、開放的個體，具有表達自我意見的空間，就算乖戾、基進，施淑也都以包容的態度尊重學生獨立的人格。

走上學術之路，提筆評論展熱忱

施淑是影響兩位妹妹施叔青、李昂走上作家之路的關鍵人物；她離家北上求學後寄了不少現代文學作品回家，開啟了妹妹們的文學視野，且提供許多意見給初試寫作的施、李二人，使她們順利踏進文壇。而施淑大學時期也曾創作小說，未以此名家在於她自覺天份不足，很快也就放下了。採訪至此，我拋開學生晚輩身分，大膽發問:「您引導兩個妹妹走上創作之路，怎會覺得自己沒有天份？」她回答，有創作能力的人一旦開始寫，便會一直寫下去，她自身不具這樣的能量，而對讀書、研究較有熱忱，因此走上學術之路，提筆不再創作而是評論。

提起第一篇評論，施淑說是李昂的《混聲合唱》序，她回憶著：從前難得出書，李昂有幸在「華欣」出版作品，家人開心且與有榮焉，身在加拿大的施淑應李昂要求，寫了篇評論為序。不過，這本書的主編司馬中原顧慮施淑當時名不見經傳，在全未告知的情況下，改以在文壇小有名氣的施叔青掛名。後來這篇文章收進施淑的文集，友人問及時還得解釋，都覺不可思議。「一開始寫評論就被迫成為幽靈作家，現在想來覺得可笑」，她說。

施淑的柔軟之心

退休之後，施淑平日多數時間仍為閱讀，因與李昂同住，考量李昂的寫作作息，施淑在家時多半輕手輕腳地避免打擾，不然便待在書房。她的書房擺設簡單樸素，書桌面對後頭山色。休閒活動則是種花，養貓和旅行。具有綠姆指天分的施淑在屋前屋後陽臺養了些花草，四季綠意盎然。大白波斯貓「寶二爺」是與李昂合養的，可說是平日不苟言笑的施淑心裡最柔軟的部分，朝夕相處十數年，情感濃密，然而貓咪前幾年病故，目前無心豢養寵物。

施淑悠遊自己的宇宙，依內心的鼓聲前進，不受外界干擾。她自覺只是個盡責的教師，談不上什麼學術研究成就，看著學生們長江後浪推前浪，也就覺得人和世界仍有希望，而一如年輕時的相信未來了。

《20 堂北縣文學課：臺北縣文學家採訪小傳》2010 年 10 月

後記：

據說施淑老師從來不接受採訪，但這次願意在記者自行搜集資料寫好之後，看一看稿子。承接此一任務時，不可否認頭皮發麻，非常惶恐。當時查找到的資料只有附在《日據時代臺灣小說選》裡兩三行的「作者簡介」，以及老師曾經自印上課教材。除此之外，沒有其他個人資料。窮途末路之際，我在拍賣網站搜尋，意圖下標一本上課用書。

博班好姊妹伸出了援手；好姊妹的好姊妹師承施老師，師生情誼深厚，亦師亦友，對老師有一定程度的了解。雖無法親訪老師，但能電訪該位好姊妹。

因為是好姊妹的好姊妹，我們跳過彼此寒暄的加溫過程，直接進入主題。她很忙，夜裡很晚的時候打電話，耽擱了她博論最後階段緊鑼密鼓的時光。深深感激。

寫妥稿子，傳真給老師過目，很快收到要「談一談」的回覆。或許該篇稿子多是瑣碎的生活片斷，如豢養寵物、與學生談話聚餐等「彷彿八卦雜誌的內容」，老師說，「不得不讓你問幾個問題」。我欣喜萬分卻也緊張，在約定好的時間之前，把孩子支去裡間，清空桌面、擺開空白紙張和採訪大綱、拿起最順溜的筆，戴好免持聽筒，畢恭畢敬地撥打電話、謹慎提問。

而與施淑老師的緣份早於採訪前。報考博班時，口試跑關，老師是第三關，說我的《人間》碩論有些見解；前輩大老讀了我的文，已經備感榮幸，還能獲得肯定，更是受寵若驚。在磨石子地也被空調吹得涼涼的教室裡，湧起一股敬愛之情。

多年以後，我和施淑老師在同一所校園，2015 年慶壽研討會上，老師被許多師長、門生包圍，熱烈、深摯地擁戴和敬重，我未上前表明與老師有過的採訪之緣，「老師不記得我的」，心想。……那篇稿子最後依老師的要求修改了回傳，電話中確認時，老師說，「你和其他記者不一樣，我改過的地方你都改了……所以我後來都不接受採訪。」原來如此。

（或出於出版品性質特殊，或出於對前輩名家的敬重，或出於無法親訪，主管要求稿子寫好後得讓受訪者確認。當時受命行事，卻未免牴觸心中採訪報導的底線。後來某位作家即因某段落不合心意，大發雷霆，主編不得不撤掉該篇，而這是另一個故事了……。）

林煥彰：童心未泯的行動詩人

和林煥彰相約東區咖啡館，午後，遠遠看見穿著白色唐衫，提了個大紙袋的長者緩步而來，待坐定，他先向服務生點來咖啡，接著從紙袋裡拿出一大落詩集、手稿與相片，他不疾不徐地逐一說解，一方面提醒我「咖啡要涼了」，一方面剝去巧克力包裝紙送進嘴裡。在詩人的細膩體貼之餘，我看見華髮下的童心未泯。

「牧雲」是創作初始的筆名，為了紀念「沙牧」和「南雲」兩位引領他走向詩歌創作之路的前輩，具有非凡的意義。昔時，名不見經傳的林煥彰常寫信向沙牧請教作詩，在軍中的沙牧排除不便，積極、熱情的回覆，讓林煥彰備感窩心；「南雲」則是《葡萄園》詩刊的主編，刊出林煥彰的四行詩〈雲〉，此舉深具激勵之效，林煥彰因此產生創作不輟的自信與勇氣。而「牧雲」同時也被用來作為第一本詩集《牧雲初集》的名稱，後未延用的原因也關乎沙牧。沙牧曾提醒「到了某個階段，有信心就用回本名。」而林煥彰認為，這也是為作品負責的表現。

人生的轉折

林煥彰從不避諱家境清貧，學歷不高。為了分擔家計，小學畢業後直至成年，他大都身兼兩三份工作，年資累積至今可說已退休了兩次，分別自化學肥料公司，以及報社。

前者是他任職最久的公司，也是人生轉折的關鍵。他第一年擔任清潔工，自覺身分卑微，常感挫折苦悶。年少好面子的他第二年參加廠內甄選，順利通過考試，晉升檢驗工。同一單位的化驗員曾帶來幾本《新文藝月刊》，內容包括散文、小說、新詩等類型，他翻閱後深受吸引，尤其對「詩」非常感興趣，認為自己也能寫出那樣的作品，天天在日記裡仿作、練習，同時投稿至廠內刊物，屢屢獲得登出機會，自信心油然而生。而因為不斷寫詩，之後被上級薦舉參與「生產事業黨部」的編輯工作。新工作的上班地點在臺北，工作內容輕鬆，環境舒適。下班後還能兼職法律雜誌的編輯。值得一提的是，日記中的練筆作品出乎意料地也印成了鉛字；數十年後，蕭蕭問及林煥彰是否有從未發表過的詩，他立刻想起這些青澀的作品，猶豫之間，蕭蕭一句：「一直在努力，不必在乎從前的成績。」化解了遲疑，也為年輕時代留下美好的紀錄。

二十歲，林煥彰入伍服役，他利用閒暇時間參與函授課程，研讀政治、法律、行政方面的課程，一心渴望考取公職。不過，「這些條文怎麼都記不起來」他笑起來，轉而攻讀文史領域。或許源於先前在詩歌創作方面的經驗，加上天生對文字的興趣和敏銳，自覺害怕與老師面對面，不適合讀書的他，在此領域如魚得水，進而加入「軍中文藝班詩歌組」，正式學習新詩寫作。

詩壇新人嶄露頭角

退伍後，他持續創作新詩，結識周夢蝶、紀弦、鄭愁予、管管、沙牧等詩人，請益、切磋之餘，短詩〈雲〉刊登於《葡萄園詩刊》，此乃莫大的鼓舞與肯定。自此而後，林煥彰逐漸嶄露頭角，獲邀加入《笠》詩社，並與蕭蕭、蘇紹連等人共同籌組「龍族詩社」，成為詩壇核心人物。

而在工作方面，離開臺肥工廠後，林煥彰有機會幫忙隱地搜集編輯《書評書目》，再經友人引薦，下班至《聯合報》擔任副刊主編瘂弦的助理，協助整理聯副作家索引等作品選輯。一段時日後轉成正職編輯，負責泰國、印尼等海外版的副刊事務。林煥彰說，前幾年處於調適階段，天天讀別人的稿件，同時學習報紙編輯，雖然優秀的作品有助於提升寫作能力，但海外來稿良莠不齊，他花費全部心神審稿、改稿，甫接編的四五年來，幾無創作精神和靈感，可說是他開始寫詩以來，作品產量最少的時期。

林煥彰回想創作歷程，雖因身兼多份工作，個人時間總是零散片段，但創作不曾停歇，他笑說：「工作總有發呆的時候。」像是任職化學肥料工廠，等待檢驗分析的結果大約需一小時，他多趁此空檔讀書、胡思亂想，有時也寫寫詩。他的寫作習慣是一有靈感立即記下來，之後再整理，修改。他認為無論創作與否，每個人都該隨身攜帶小本子記下吉光片羽，但他不好意思地表示，「自己從未這麼做」，靈感湧現時多半強記至家裡寫下，偶爾才記在零碎紙頭上。

直到現在，林煥彰沒有固定創作的時間，也沒有書桌，幾乎處於邊移動邊創作的狀態，而對於使用電腦不若其他資深作家的排斥和恐懼。這和他 2008 年擔任香港大學駐校作家的經歷不無關聯。當時他隻身一人，必須自己處理教學、演講事宜，製作講綱和投影片，因此練就了文書處理能力。

對於寫詩，卓然成家的他一直認為這是件「折磨自己」的事。他解釋，詩歌創作的過程並非回回順利，此為第一重折磨，而完成後即使自己滿意，也不一定能獲得掌聲，此即第二重，兩者相加可謂雙重折磨。但他耕耘詩壇數十年，樂在其中，實出於文字作品的生命比個人的生命長，這是他心心念念的意義所在。

右手寫詩，左手畫畫

不可不提的是林煥彰創作童詩、推動童詩的不遺餘力。踏進童詩領域，起因於孩子的純真，以及曾得到洪健全文教基金會比賽佳作的鼓勵。他覺得孩子的想像力豐富，和大人的思考方式截然不同，透過孩子的眼睛，世界簡單卻處處是驚奇。《童年的夢》和《妹妹的紅雨鞋》為林煥彰最早出版的兩本兒童詩集，且獲得「中山文藝獎」殊榮。直至今日，〈妹妹的紅雨鞋〉仍深受讀者喜愛，持續被翻譯成不同的語言，在國外印刷出版。而他與舒蘭、薛林共同創立的「布穀鳥兒童詩學社」，則吸引不少志同道合的年輕作家，在林煥彰熱忱帶領下，他們發行《布穀鳥兒童詩學》季刊，寫作童詩，同時籌辦「林家詩社」，經常至各地巡迴演講，教大人、小孩吟詩、玩詩，甚至隨著「玩詩合作社」至市集教作詩、撕貼畫。當然，創作歷程中，林煥彰不免受到其他人的批評或攻擊，像是「過度淺白」、「牙刷主義」，但他視為正向能量，參考且調整創作，讓作品更好。

提到閱讀習慣，林煥彰年輕時喜歡泰戈爾的作品，也喜歡閱讀哲學。記憶中，退伍前連長送的柏拉圖《理想國》，是他接觸的第一本哲理方面的書籍。「當時只看成是禮物，後來才發覺這本書的重要。」同時，他還深受作家黎中天影響；黎中天說理深入淺出，文章闡述思想也編織夢想，最特別的是「文辭像是散文詩」。林煥彰強調，他從中體悟人生態度，學習「適應」處世，至今受用無窮。現在則沒有特別欣賞的作家，也不在意大師名作，他幽默自己「又不是看了就能寫得那麼好！」

此外，詩人林煥彰有「右手寫詩，左手畫畫」的稱譽，可見寫詩之外的才情；揮灑畫筆的愛好和寫作同時開始。任職化肥工廠時期，他參加同事辦的西畫社團，學習油畫、素描，了解表現技法，提升了審美觀感，尤其有助於詩歌寫作時的意象捕捉。林煥彰發覺喜好寫詩和畫畫的詩人不少，他聯合商禽、杜十三、管管等人發起「詩人畫會」，幾年來已辦過三次詩畫展，最近一次是在七月，以「品貓」為題，展出詩作與畫作。林煥彰以兒童詩集《貓，有玩的權利》、成人詩集《貓，有不理你的美》與數幅圖畫參展。

繪畫之外，林煥彰的興趣廣泛，空閒時健行、旅遊、聽音樂、拍照和種花，他深細體會生活周遭與大自然，相信「用心便能產生互動」，並從中發掘創作題材，他舉例說，他的善意讓庭院中的草木植栽朝氣、美麗，同時這些花木也啟發了創作靈感。

目前，林煥彰推廣六行小詩，在馬來西亞、新加坡和臺灣宜蘭等地成立「小詩磨坊」，他取「八仙過海，各顯神通」之意，先於各處分別邀集七位詩人，加上自己共為八人，匯集作品後發行。同時，受到網路詩社的請託，協助指導與出版「行動讀詩會」詩集，平日裡演講、評審等邀約不斷，生活忙碌。不過，因為沒有上班的壓力，夜裡睡不著便讀書、整理稿件，白天累了就休息，他跟隨身體的節奏行動，緊張之間步調舒緩，無疑體現了他一貫的生活態度—順應人生。

《20 堂北縣文學課：臺北縣文學家採訪小傳》2010 年 10 月

李元貞：女性・文學・運動的三重唱

六月裡的一個雨夜，睽違臺北已久的李元貞好不容易落坐館前路上的餐廳，她先為遲到道歉，接著說起目前已完成《婦運回憶錄》二十二章，明年打算同時出本詩集云云。她的快人快語和清脆的笑聲驅散了從外頭沁進的溼涼。

李元貞出生於雲南昆明，三歲時隨任職海軍的父親來臺，落腳高雄左營眷村。小學時，鎮日在大自然裡跑跳玩樂，爬樹是家常便飯，一次偷摘楊桃，不慎從樹上摔下來踩到玻璃，痛哭流涕，但絲毫不減她林野玩耍的興致。因為家境清貧，生活簡樸，她最大的夢想是快快長大，幫助家計。初一下，全家遷居花蓮，李元貞在花蓮美景中度過爛漫的少女時期；她自此愛戀高山、大海，自我意識也因而覺醒，她笑著以「開竅」來形容當時的自己。正好父親過世的老友留下一大袋西方哲學書籍與舊俄小說，羅素、屠格涅夫、托爾斯泰、羅曼羅蘭的作品激發了她擁抱生命的熱情與好奇。這股澎湃的情感蔓延至學校課業，她強調，高中時讀書不為成績，而是一心追求真理，渴望從各種書中發現人生意義，「連數學都想搞懂！」

高中時期，李元貞因課業優異獲選進樂隊，看不懂五線譜的她以為自己就是打大鼓了，不料音樂老師林茂雄任命她指揮，一夕之間，李元貞成為校內外風雲人物。上街遊行表演時，不少花蓮高中男生偷偷拍照，且沖洗出來後寄至女中，引來教官的訓戒。而花中喜歡音樂的學生發現她不懂豆芽菜，起先不敢置信，後來便熱情教學。因為結識這位朋友，李元貞私下到補習班旁聽花中的數學老師上課，這位老師的教法靈活，講解數的基本觀念，不要求死記公式，深得她心，大讚「遠勝校內老師」，她立即向校長建議延請這位老師來校任教，她邊笑邊說自己「大膽」。李元貞的優異和直率讓校長印象深刻，即使畢業多年，她的畢業生致答辭仍天天在校播放，讓小李元貞六歲的妹妹上花女後大為不滿。她得知此事後，寫信回母校向校長抗議，不難料到，這篇義正嚴辭的書信最終被貼在布告欄上。

北上就讀臺大中文系，李元貞驚覺人人談論瓊瑤小說，深怕自己跟不上同學，然而借來讀後一點也生不出興趣，不明白蔚為風潮的原因，加上父親被誣陷入獄，頓失經濟依靠，她一面兼三個家教，一面勤讀書拿書卷獎，以旺盛的體力與活力度過這段壓力沉重的日子。

不久，班上同學柯慶明主編系上《新潮》雜誌，李元貞積極寫作評論、散文、詩歌等作品投稿，其中以評論最受喜愛，因而小有名氣，結識不少外系的朋友。就讀中文研究所時，她便對戒嚴時期的政治局勢常覺苦悶，直到後來中華民國退出聯合國，才使她對國家認同有「破殼而出」的感受，產生「必須面對現實」的體悟。

而在婚姻方面，李元貞直言自己不適合婚姻，不諱離婚。一九七三年，她結束與大學同學柯慶明兩年的婚姻。當時不滿兩歲的女兒歸男方撫養，母女關係至今冷淡疏離。提及此事，她的笑容一如受訪以來，情緒不見起伏，但言談間流露遺憾與失落。

臺灣婦女運動的先驅

她所期待的婚姻關係是雙方並駕其驅，有各自追求自我的空間。生下女兒後，搬遷與婆婆同住，她回想，這個舉動或許是婚姻觸礁的起因。婆婆保守傳統，時生磨擦，加上先生外遇，最終她與柯慶明走上仳離一途。分手後九個月，李元貞赴美修習戲劇，當時美國婦女運動如火如荼，使她原將離婚主因歸咎自己為「特殊女人，要做藝術家不願依循傳統」，剎時恍然明白，她對婚姻的要求，以及在婚配關係裡所遭遇的種種問題，普遍存在所有女人之中，實攸關女權。七六年回國之後，她至淡江大學教書，同時參與《夏潮》雜誌的「鄉土文學運動」，且主動至呂秀蓮新女性辦公室擔任義工，參加座談會。當時，她編寫《彩鳳的心願》、《秋瑾劇》在南海路國立藝術館演出。申請演出時，警總認為秋瑾為國捐軀，魂魄與牛鬼蛇神周旋一幕帶有嘲諷時局的意味，要求刪除才准予演出。政治對於文學藝術的箝制親臨其身，加上先前離婚想爭取女兒監護時，發現法律完全以夫優先，連打官司的機會都沒有，使李元貞深感政治和婦權上的切身之痛。七九年高雄美麗島政治事件發生後，呂秀蓮入獄，兩年之後，李元貞決心成立「婦女新知雜誌社」，全心推動女權。她自此開展人生新頁，而這也是人們熟知的「李元貞」。

雜誌社甫成立，毫無名氣，籌措資金備極艱辛，李元貞拿出名片求見企業老闆、單位主管時處處碰壁，甚至連臺大教授也不留情的說：「臺灣有婦女運動嗎？」質疑《婦女新知雜誌》的功能。有趣的是，八〇年代剛上街頭抗爭時，媒體會忽略雜誌社宣揚的理念，刻意醜化她，刊登呲牙咧嘴的照片。而至九〇年代，隨著婦女權益法案的逐步推行，李元貞真心做事及「婦女新知」的努力廣受肯定，現在則常刊出她端莊優雅的照片，「可見媒體的勢利眼」，她說。

身兼教職、雜誌負責人之餘，創作始終是她不能忘情的領域。她尤其自信詩歌作品。大學時代寫下的〈永恆的綠色之情—給美崙山〉，至今仍覺得感動。她喜歡在家創作，多半是結束一天的繁忙，回到家放鬆、沉靜下來，等待靈光乍現的時刻，接著思索一夜，隔天寫下之後再反覆修改。她認為創作是種「孤獨」、「非人性」的行為，女人單身生活才方便全心投入。她舉張愛玲、吳爾芙為例；張愛玲孤獨的時候多，吳爾芙要求「自己的房間」，她們不僅有自由的心靈空間，也擁有不受干擾、全意寫作的外在環境。講到此處，她滿心期待明年出版的詩集《流鼻血》，書名來自其中一篇，屬於更年期之後停經的感受；利用冷冬鼻子流血，象徵子宮萎縮但腦部青春的幽默，李元貞興味十足的聯想兩者，創作女性身體想像的詩歌。

創立女書店及詩社

值得一提的還有李元貞參與創立的「女書店」和「女鯨詩社」。前者成立於一九九四年，為女性主義專業書店，販售、出版女性和性別議題相關的書籍、影音產品，且不時舉辦講座、展覽，提供認識、交流性別意見的空間，可說是她關注女性經驗和文化的另一項具體行動。後者則是與臺大外文系教授江文瑜等十二位女詩人，於一九九八年共同成立的女性詩社，希望在以男性為主導的詩壇裡，集結女性的力量發聲，一方面推介女詩、累積女詩創作量，一方面結合詩作與本土意識，突顯社會現狀，而李元貞也視其為婦女運動的一環。

前幾年自教職、婦運活動退下，實因身體出現警訊，需要休息。李元貞於是回到花蓮，早晚料理素菜，一週爬山三次，簡單的生活。她認為老年獨居，最重要的是好友相伴、好鄰居相互幫忙，以及大樓管理員在急難時會幫忙送至醫院和通知親友。這種不一定要依賴家庭的想法，與日本女性主義作家上野千鶴子在《一個人的老後：隨心所欲，享受單身熟齡生活》一書裡的主張不謀而合。而原本盤算輕鬆自在過「nobody」的老年生活，不料去有機農場的小店買菜，被高中學妹認出，當年那段閃亮的日子與推展婦運的熱烈卓絕，一時沸騰喧嚷了開來，「害我有陣子都不敢去那裡買菜！」她呵呵笑說。而花蓮將會是她生命的終站，自少女時期落腳花蓮的那一刻起，李元貞即視此處為母土，也為她生命、熱情的泉源，骨灰更要灑在美崙山的懷裡。

時近晚上九點，李元貞俐落地拎起後背包，趕赴搭車地點。我闔上記事本，揀整她年少時的黑白照片，想起方才言談間，她憤恨中共領導人在六四天安門事件中借調軍士、坦克屠殺無辜民眾和年青學子，以及認為富士康員工非人性的單一動作的工作，比寫作久坐還可怕……，依然是顏色鮮豔的社會運動者，退不了休。

《20 堂北縣文學課：臺北縣文學家採訪小傳》2010 年 10 月

鍾文音：以家族，表幀百年風景

相約秋日午後。連絡時，作家提及可能突然迷路。理應如此啊，我心想，才華洋溢女子的小小迷糊，有人間煙火的氣息，感覺生活，感覺可愛。然而必須坦承微微憂心，因此，看見髮長翩翩、衣裾飄飄準時經過落地窗前，不禁鬆了口氣。

甫坐定，笑容親切美麗：「叫我文音，比較像朋友。」一股溶溶蔓延開來。等待咖啡的時刻，提及先前聽見廣播節目裡受訪，與一篇評論的文章。她笑了笑表示，閱讀小說需要從「心」出發，理解作品同時也理解作者，「小說已經解答一切了。」欣賞是全面的，而非專注於細微差池；比如織好的錦緞，絲線錯置了一兩綹，不可能抽出來壞散一匹。鍾文音進而談起馬奎斯《百年孤寂》，即使存在謬點，也毫不影響閱讀感受和整部小說的價值，「已經浸潤進去，錯誤也是美！」她熱烈直率地說。

家族當舞臺，歷史架背景

七月份出版的《傷歌行》為「百年物語」三部曲系列暫時畫下句點。

一切要從七年前說起。鍾文音腦海中原先預定的計畫是「雲林」三部曲，想寫家鄉，寫移動，用在地的語言和文字。然而第一部《豔歌行》描寫場域集中臺北，主角多為女子，寫成後，地方色彩既淡薄，也就不聚焦於特定地域。接著是二部曲《短歌行》，以男子為書寫重心，突顯際遇與際遇選擇中的沉淪無奈，種種悲愁的命定。末部乃承接二部，改採女性為敘述軸線，詮釋祖母執輩遭逢歷史洪潮來襲的苦難與缺憾。

此三部曲和鍾文音個人生活經驗關聯緊密，她透過家族傳說與蛛絲馬跡，想像更早的先祖們的生活與生命情態。顯而易見，她以家族興衰為基底，進而觀照勾勒大時代的歷史。

而她認為，歷史是寫不完的，生命的核心才是筆下關注的焦點。以小說人物「虎妹」為例，從婚姻開始，雖然回回篤定自己的選擇，但事情的發展總與預想天差地遠。那股不可知的力量，影響著人生的關鍵時刻，讓每個人展現不同的風貌，各自擁有了生命價值。

三部曲裡描寫許多女人，《豔歌行》中的都會物質情慾女郎，《傷歌行》裡普羅藍領女子，她意圖以萬花筒三稜鏡的方式，以自己、周遭朋友和家鄉女子為花片，共同旋轉折射出這片土地上形象各異的女性。

文字有亮點，男女都亮眼

問及喜歡的角色，答案不出意料是「虎妹」。鍾文音以母親作為虎妹的原型，筆端充滿同情憐惜，覺得虎妹可以稍微放鬆一些，毋須過分辛苦。或許如此，鍾文音為虎妹安排了自己喜歡的結尾，她以充滿感情的口吻敘述：虎妹在陽臺上，眼睛半瞎了，聽聞鳥聲，回顧自己奇特的一生，感覺生命如此走到了盡頭。即便是虎妹受苦至極的人生，仍然微微散發光亮，「苦難也是種示現。」她說。相對於虎妹，《傷歌行》裡嫁給外省人的阿霞則是好命的晶瑩閃光。

鍾文音賦予這群小說人物價值，讓他們在生命幽微陰暗時刻展現亮點，成為他人的救贖，成為希望。「這就是小說家的責任」，她表示，「用文字幫讀者看見自己與生命的意義」，窗外絡繹，她望向行經的人群繼續說道，「像是用魔杖點一下人物，讓他發光！」眼神瞬間也亮了。

至於筆下常見的母女情節與情結，鍾文音認為母女連結是永恆的反省與自我再造，尤其是女作家，無從迴避。她提到自己的經驗，既是獨生女也是老么，自小承擔母親對人生的想望。如果兩者類型相近，可以相互仿效學習，若截然不同，則彼此拉扯掙扎，而她偏向後者。母女間強烈巨大的對比，常讓鍾文音感覺肩膀被緊抓著，便在這回盡情書寫虎妹一角後，「緊抓的手鬆開了四指」，她笑出聲來。

自然也談到創作裡的男性角色，鍾文音自認對男性的描寫較陌生，面目多半模糊，一方面家族中男性較少，缺乏想像刺激，一方面有生理、心理上的隔閡。她舉例自己喜歡七等生的小說，讀時常有讚歎，但難以動容著迷，不若隨莒哈絲作品同悲同歡。

由於母親的形象在「虎妹」一角幾乎描寫到了極致，鍾文音預計之後頂多小品式的簡單刻畫，此舉顯露人生故里寫作，家族書寫的階段性完成，同時也說明作家的自我敘述告一段落。不免詢問接續的寫作計畫，她說，大概為情人系列與家鄉系列。

輕重交織寫，土地現真情

情人系列延續《慈悲情人》小說，靈感來自於旅行。鍾文音前段時間旅遊南京、廣島，這兩個受傷的城市有完全不一樣的風情，兩地人們面對傷痕，或沸騰控訴或安靜懷念，都讓她感動。「特別在廣島」，她進一步說，電車上人們的臉孔、表情和其他地方迥然不同，「也許會設定中籍、日籍男女主角各一，用愛情包裝。」

另一有興趣的是家鄉的人和土地，像是六輕對鄉民造成的變化。鍾文音深以為歷史為人而存在，而非人為歷史存在。她發覺這些處於被傷害土地上的人們，面孔布滿了塵埃，然而眼神銳利，因此頗受觸動勾引，大約會涉及微知識的書寫。

書寫三部曲前後占去鍾文音七年時光，一般人以為厚實沉重，全神浸淫無有餘力從事其他，但是，她其間還出版了《大文豪與冰淇淋》、《慈悲情人》等作品，創作力不可小覷。她輕描淡寫表示，這幾部很「輕」，很簡單，是轉換心情的休息之作，說完這句後不無羞赧地笑笑。

鍾文音不諱言，新近出版的《傷歌行》，多利用時間片斷寫就，之後再以拼貼方式連結。小說裡人物眾多龐雜，生命交遊往來宛如派對鬧騰，卻又輪流出場，各具機會發聲，整體呈現繁複多元，營造出劇場舞臺的風貌。不過，某些讀者不懂這樣的結構安排，鍾文音有些懊惱沒在序言寫明，不然直接在書前加段「鍾家舞臺開場，鑼聲已響。」的句子過場，也能避免誤讀。

身為作家，她明白創作的難為以及漫長的孤獨感，更深切地了解無法完成的部分可能是什麼。基於惺惺相惜的心情，不會去批評其他作家與作品，她說「所以要寫書評也會挑自己喜歡的書！」

雙眼當鏡頭，移動儲能量

作家生活多與世隔離，意識及此，她常把眼睛當鏡頭，觀察世界，累積圖象。儲存他人的故事，日後再去想像，所謂「覺知」的功夫。

既提及「與世隔離」，「那麼，作家的一天是什麼樣子呢？」我問。她大方地透露，大約從中午開始，十一二點起床，喝茶、供佛，間或做做氣功。下午一兩點真切甦醒後，寫作到六點。晚間陪伴家人，看看影集或新聞，有時和朋友聚會。夜裡十一二點後會視感覺寫作雜文，或思索白天作品的進展。

仍保留著手寫習慣，多是記下小說的走向，但散記在二三十本筆記上，不固定也很難找，說到這兒，她不好意思地把頭轉開，像做錯事的小女孩。

由於創作需要投注的能量很高，很難一直維持很強很高的熱度，鍾文音說，每天在桌前寫作的時間並不長。偶爾還因外界邀約，不得不放棄下午的固定書寫。不過，會視其為「移動」時光，放鬆自己並且盡情觀察別人。

對鍾文音而言，「移動」的目的是不擱淺，不擱淺並非意味只在戶外，而是一種廣義的自我轉換。家裡也能不擱淺；客廳、書房間的移動，是透過轉換回到自己，脫離屬於書房的小說和職業。在外頭的話，移動的區域大約公館、永康街一帶。旅行也是，一種放下小說與生命連結的方法。

對於有志從事寫作的年輕人，她建議首要明白自己的特質，接著增加生活的歷練，「如果早知道成為專職作家，我會再多晃蕩十年！」她開懷大笑。此外，參加文學獎也是途徑，但嘗試三四年讓人看見就好，否則淪為寫作機器。至於創作類型，以小說為佳；「小說是滿好的訓練，陌生化眼光，假想自己成為另一個角色。」她強調累積素材與生活經驗，並且閱讀提煉眼界最是重要。

而在年輕還不明白未來路途的時候，她在打工的咖啡屋受到作家姿態的吸引，現實世界裡《聖瑪莉》二樓的朱天心。午後窗邊作家的身影自由、孤獨而完整。「那是生命情境的發光位置，呼喚了我！」表情虔誠地說。她將這段寫進了小說。

華燈初上，窗外光影穿梭流動，隔了層玻璃的車聲人聲有遠處而來的朦朧，這方的鍾文音迤邐長裙、珠串垂掛，時而沉思凝望，時而笑容燦然。細細的嗓音，說話不帶贅字，一如筆下華沁精緻。

《幼獅文藝》2011 年 11 月號

王聰威：為師生戀，亮一道光

走進過幾位總編輯辦公室，王聰威的有股冷調素淨之感。辦公桌面清爽，打開一部筆電。茶几上頭三落書，置中堆疊成「凹」字型。靠牆的一整面書櫃，多是自家「聯合文學」出版的書，書背統統露出來。空間乾淨，沒有資料紙張的潮溼塵埃氣味。他推來自己辦公坐的黑色滾輪椅子，架著粗邊鏡框的娃娃臉上表情沉靜，於是一身黑色長版防風外套、紫色 T 恤男孩似的打扮落坐面前，沒有寒暄前言地直接談起新近的創作主題──「師生戀」。

新聞觸動寫作，情愛豈能審判

被視為「師生戀」小說在臺的第一本，王聰威不諱言創作動機是新聞事件。女師男生，一段相差二十多歲的戀情，家長盛怒告上法庭。由於一方未成年，發生了親密關係，老師不可避免受到審判，法官面前，她無論如何不願認錯，堅稱真愛，因而承受較重的囹圄刑期。事件結束而未結束，某種隱微不安且黏答答的情緒瀰漫開來，是一干好事者鄙夷，或義憤填膺，或擠眉弄眼的曖昧氛圍。

他撇開世俗道德的觀感和批判，追索事件的發展。王聰威深感不解，「為什麼不認錯來減輕刑責？」「除非裡頭有情愛。」他自問自答，接著說，「如果其間有情愛」，然後頓了頓，「情愛豈能審判？」平淡的語氣底下，字字雷霆萬鈞。

作家有難以按捺的敏銳好奇，為此在筆下構築一個悖德的世界。小說主角統統悖德，但悖德得那麼自然，宛如開天闢地起便理所當然的存在。他推衍著，師生戀主角是孤獨冷感的輕熟女子，自我保護意識強烈，她被姊姊背叛，同時也背叛了好友，在缺乏信任與穩固的人際網絡裡，與單純無謀生能力的童稚男學生相戀，深深墜入而無能自拔。

愛情包容歧見，音樂拉近讀者

王聰威試圖抽絲剝繭，為差距如此巨大的兩人鋪排真愛的合理邏輯。然而「人們總是會愛上不該愛的人，像是仇敵的兒子、門不當戶不對的對象、殺父仇人、罹患絕症的女友、殺人犯、有婦之夫、主管或下屬……所以愛情才會這麼動人，因為包容了最多歧見，最多不適宜，最多扭曲與變態，包容了最多不可思議，最多破壞社會風俗，最多藐視傳統與律法……」愛情無法定義，無需理由，無受規範，這場師生戀如春風吹拂，自然而然蔓生滋長。

如此貼近現實的題材讓作家捨棄一貫出入虛擬時空的寫作手法，回歸初始創作的格調。他提起，最困難的事情是一點炫麗的技巧都不能用，選擇最簡單直白的文字，費力刻苦的爬格子，「儘量把句子寫得很囉嗦」他笑著說。筆法的轉變連帶改變周遭氛圍，他自身的焦慮緊繃也感染了編輯。《師身》前後寫了一年，在正職的《聯合文學》總編輯工作開始之前，起床後從六點半寫到九點，下班到家繼續埋首書案，假日則全天候的寫。

問及小說裡的音樂，他咧嘴笑了，原來這是作家的興趣。林憶蓮的〈遠走高飛〉首度聽見便喜歡，王聰威用在書裡一方面想拉近與讀者的距離，一方面也想強調臨場感。一派溫和的他，對於此曲未收入精選輯，流露了輕微火氣，「這首歌很好聽，MV 也拍得很好看啊！」而在國語歌曲之外，字裡行間寫到好幾張爵士樂唱碟，他自認是個「普通的爵士樂愛好者」，平日依據各家廠牌推薦的百大專輯添購，每買一張便劃掉一張。在這本小說裡，爵士樂的角色並非村上春樹筆下那般與生活水乳交融，而是作為成人與小孩世界的分野。然而《師身》中的成人也不完全心領神會；能夠浸淫其間的，突顯出某種身心契合的品味，而無法被觸動的，在這樣的樂音裡越發顯得孤獨，與人生格格不入。

前幾本小說多以女性視角說話，《師身》也是。王聰威坦承喜歡從女性的角度創作，他認為「女性是有趣，而且比較棒的事物。」私下常常探索女人的心事和想法。當問及觀察的訣竅與進程，小說家揚起眉毛，掩飾不住得意和笑意，表示「經驗值」很高。他進一步解釋，四十歲男子經歷過的、傷害過與被傷害過的、聽來的看來的很多，可以推測揣想，並不困難。

文字表達邂逅，續作鹽埕出發

小說設計了開放結局，但王聰威心裡卻判定女主角接續的是幽暗無光的挫敗人生。他娓娓道來，女師的心是封閉的堡壘，在男學生給予的情愛中不知不覺動搖了，但轉開鎖匙的仍必須是女師自己……。因為現實生活裡，擁有這般人事經歷的女人不容易愛上青澀稚嫩的少年。讓男女雙方產生聯結，關係升溫的「美麗邂逅」該貼近人生，合乎邏輯才是。

他於是舉例《戀愛沒有假期》（《The Holiday》）。電影中，名編劇亞瑟陳述了「美麗的邂逅」；男子與女子都想買睡衣，他們不約而同到了百貨公司男裝的睡衣部。男子對店員說：「我只要睡褲。」女子說：「我只要睡衣。」兩人看上同一套，同時，互看了一眼，便是所謂「美麗的邂逅」。透過這些不可思議的甜蜜浪漫，電影中每回的機緣巧遇都成為男女後續發展的伏筆，「然而，這是戲劇效果，但不真實」，王聰威再度強調，「用文字表達的『美麗邂逅』必須更合理。」

在曙光難露的師生情愛之外，作家還關注女子面對情慾，面對人際，面對生存時的姿態。但是課題龐雜艱難，各色手段難以趕上外在世界的變化萬端，小說未能提供答案。

談到喜歡的作家，是村上春樹和卡爾維諾。王聰威就讀大學時期，正逢兩者作品被大量引進，從中領略了許多新訊息、新理論，也影響了他的創作。在喜歡的志業上當然要持之恆投入時間和心力，他以自己為例，沒一天不想、不寫、不讀文學，這些讓他快樂。每個有志創作的人，除了多讀多寫，別無其他法門，「唯一讓人寫不下去的理由是『懶』，而不是病痛」，他直截犀利地點出原因。

作家的下一部書將以高雄鹽埕為主題，回歸先前習慣的創作手法和範疇，現下則是兩本書之間的短暫休息。離去之前，不免還是談論「師生戀」，戀情敷滿了豔羨挑釁的情調，遊走在禁忌的邊緣。明文規定禁止之後，儼然成為校園間不能說的祕密。《師身》此際出版，也許是會重新燃起那股暗裡悶燒的火光吧。

《幼獅文藝》2012 年 5 月

新北市文化局長林倩綺：任何時候都要學習成長

因前一個會議耽擱，在過了約定時間五十分鐘後，終於見到一身黑色 POLO 衫、灰色長褲裝扮的新北市文化局長林倩綺，她腳著休閒鞋，俐落穩健，勤腳大方。

眼前的她很難和音樂系出身聯想在一起，我向她婉轉提出疑問，她哈哈大笑說：「生活中大概只有一桌的人知道。」「其實啊！」她壓低音量，露出像宣布更大祕密似的淘氣表情：「我主修的是聲樂和指揮。」說畢，又是一陣大笑。非常爽朗，非常陽光。

她解釋不對人提起修習音樂的原因，因為一旦公開，容易被要求表演，然而對林倩綺來說，音樂乃自然而然；她喜歡在自然情境中有感而發地表現，若臨時上臺實在難為，這是藝術家的浪漫任性。最近一次登臺約五六年前，她擔任指揮，與高雄縣立交響樂團共同演出臺灣民謠。

林倩綺認為人生的兩大重點在於自我發展與團隊合作。音樂學習即為前者，實為自我發展其中一個階段的經歷與成就。她以充滿感激的口吻，感謝有經濟能力完成此領域。而現在的她則投身後者，引領文化主管單位，和夥伴們共同合作，為國家整體文化盡力。

民間與文化，揉合新聲音

講到文化事業，林倩綺圓圓的雙眼發亮，侃侃而談。她說明文化和藝術不同，前者的範圍較大，後者則是菁英化的成果。她認為文化無處不在，且生命力一向來自民間，無法被規畫，因此林倩綺最在乎的是民間的聲音和豐盛強大的能量，她舉 Hip-Hop 和佛朗明哥為例，兩者均崛起草莽，也都從次文化一躍而為主流。同時，林倩綺也強調文化局為前瞻性單位，著重文化建設、講求默默耕耘與扶植，和以營利、績效為主的私部門截然不同。不過，考量現今是個看重目標的年代，林倩綺決定以民眾的想法為依歸，全力建立更具目標的福祉。

比方新創立的「動漫節」和「動漫故事館」，便是考量時代與民間聲音的產出。言談至此，林倩綺有興奮的神情。首屆「動漫節」有動漫電影、痛車展、Cosplay 等，而設立於板橋府中的「動漫故事館」，館內則展示臺灣原創的動畫、漫畫從前至今的樣貌，以及好幾款互動遊戲，除了常設展覽，也會配合節慶舉辦活動。開館以來，參觀人數蓬勃成長。這是她的用心之作，也是她的大力推薦。

放棄自我，找到更大的我

林倩綺對於人事物的態度實較一般人具有更多元的視角。她嘴裡少有「好」、「不好」的評斷，認為沒什麼好與不好，多半只有喜歡或不喜歡、習慣或不習慣的分別罷了。這樣的觀點來自於她在碩班的學習經驗。

她進一步道來。從前在 New England 音樂學院專攻「指揮」時，Tamera Brooks 老師一向在每位同學上臺指揮之後，詢問教室裡其他學生：「What's good of him/her？」由於林倩綺頗具天份，深感每人表現都不如她，總要絞盡腦汁想答案，「每次要回答這個問題都很困擾、很痛苦。」她笑著說。

如此痛苦的日子持續了半年，某天她突然領悟：「說出同學的好，我看見世界的美。」老師的問題打破了她從小到大的主觀判斷—「比我好，或是不好。」習以為常的學習標準。

這種不再以「我」為標準來評論他人，進而尊重每個人有其個人專業的心態，擴及感染到生命中的其他層面，讓她發現每件事物存在的價值與美，以及每種文化都有美好的部分。

拼搏理想，身體更要好

因緣際會手執教鞭的林倩綺，講授的是休閒、旅遊和觀光。她表示當年休閒觀光科系甫成立，因具有運動與音樂才能，幸運獲得青睞。而這兩方面的長才多半來自於後天學習與練習；求學期間，由於學習音樂，課餘時間多花在排練，少與人接觸，也鮮少運動。就讀博班時驚覺身體狀況不佳，因此學了許多休閒活動，養成鍛鍊體能的習慣。

問及林倩綺擅長的運動，她說是「小球」運動，舉凡羽球、網球、乒乓球、高爾夫球等小顆的球，都能無師自通，迅速掌握要領。不僅如此，在勤奮鑽研下，她已晉升專業階級，具有網球裁判資格和潛水證照，最特別的是連駕駛直升機、開動力船，統統難不倒她。

而鐵人三項更是她近年體能耐力的綜合檢驗。提及鐵人三項，林倩綺津津樂道起來。她說，游泳、自行車和路跑每項各有不同的專門技能，比賽最大的困難在於慣性轉換和體力持續，比方從騎車轉換至跑步是痛苦的。回想參加競賽時，因平時訓練不足，加上不同的地域有不同障礙，過程中體力不支，不抱任何希望，數度以為無法在時間期限內抵達，然而憑著一股對自己負責的傻勁，達成了目標。說到這裡，林倩綺幽默的表示，「跑得快，不如跑得巧！」表情有些羞赧，也有些得意。

開放心胸，學習戶外找

已累積豐富教學經驗的林倩綺，受出版社邀請撰寫休閒概論、文化旅遊觀光方面的教科書。她表示，目前國內相關教材確實不多，然因公務繁忙，實無餘閒完成。言談之間，她也對教育提出個人觀點，不諱言指出，學習「一元化」不代表學生缺乏基本知識與應用能力，「多元化」的學習反而稀釋了中心價值，她意圖系統化教材，為學生建立中心信念，由此可見她對學子們的心意。

回顧求學歷程，她深深感覺學校教的東西是有用的，可以減少某些衝撞。對年輕學子而言，很多事不具經驗，但透過歷史的錯誤能造就今日的正確，因此，林倩綺認為先學習，日後再據經驗判斷，而有困難時，不要害羞求助。她尤其鼓勵學生自我戶外學習，比方規畫旅遊行程。她認為未實地走過，距離只是腦海中的想像，一定要親身印證空間與物件。不過，林倩綺也坦言，學生時代的她總是花費許多時間練琴、排練，常常考完試才讀書，由於不具壓力，此舉常帶來不同的涉獵與視野。所以，她也強調，開放心胸，學習不設定範圍。

林倩綺自謙不是聰明人，感謝一路上許許多多挫折她的學習對象，直白的她說，「當下當然有些討厭，但三五年後就覺得還不錯。」她抱持正面態度來面對挫折磨難，藉由這些人學習成長，走過這些負面情緒後，覺得非常幸運。「人生是一種累積」，她語帶虔誠。具備原住民血統、音樂專長，愛好體育活動與出國留學的經歷，讓她視域廣闊，包容力無遠弗屆。從天份出發，積累專業，歷練成特出，這便是林倩綺。

《幼獅文藝》2013 年 4 月

記下最初的愛戀：《蘭嶼之歌》

作者：丁松青
出版：自費出版

「因為阿司匹靈很好吃，有些小孩會騙你說感冒吃著好玩。」這是美籍神父丁松青在蘭嶼學到的第一件事。一切都要從三十五年前說起。民國六十年，丁松青以修士身分抵達蘭嶼，展開為期一年的服務與學習。他記下這段點滴歲月成為《蘭嶼之歌》，讓我們見到當年的蘭嶼，和走進蘭嶼年少羞澀的丁松青。

丁神父的住處鄰近教堂，是村裡的急診室、福利社，也是交誼廳。村民受傷、肚子餓或是沒事做，都往這兒跑。尤其小孩，最喜歡在這兒玩耍、畫畫、讀書、睡覺，或是什麼也不做，「怕神父寂寞」，來陪伴他。

蘭嶼的物質資源極度貧乏，食物永遠不夠吃，有人一看見神父的東西便想要，白米和甜甜的維他命最受歡迎，髒抹布、泳褲、刮鬍液、快用光的髮油、舊網球鞋或煙，什麼都好。神父一開始不知怎麼辦，後來明白沒有限度地給，實在幫不了忙，便狠心拒絕。

一次，想學《聖經》的卡吐西沒徵求神父同意，擅自把相機裡的底片拍完，神父很生氣，但他很快便為自己無法真心與人分享而懊惱：「我有照相機卻不能和別人分享，那有了又有什麼用呢？……我口口聲聲地說要分享，其實是多麼地表面化啊。」那天夜裡，神父向卡吐西解釋，用東西前必須得到別人同意，還詢問是否真想學《聖經》、家裡需不需要幫忙等等，可是卡吐西沒說話，隔天早上默默地走了。神父感到挫折，但天主的愛給予他堅持的力量。

平日，神父簡樸刻苦，只有特殊節日，才忍不住「奢華」一下。耶誕夜，這個西方的重要慶典，他趁屋裡三個男孩熟睡，翻出珍藏許久友人寄送的蛋糕原料，又是打蛋，又是和麵的辛苦忙到清晨四點，才在克難的爐上烤出三大塊像餅乾的蛋糕，他累得倒頭就睡。一睜開眼，三個男孩不見蹤影，三大塊蛋糕也不翼而飛，只剩桌上細細的碎屑。

一回，五個美國人來到蘭嶼，熱情詢問需要什麼，丁神父想起村民罹患的各種皮膚病，希望獲得醫藥和肥皂，沒多久，果然送來「夠洗整個島上的肥皂」，各種牌子共一千五百個，還訂了「肥皂日」，讓每戶派人領兩塊。

因為文化不同，所以有趣的事情很多，像在西方，兒子會以父親的名字命名，但達悟人則是父親要改成第一個兒子的名字，還有魚分為男人魚、女人魚、老人魚和小孩魚，男人魚該男人吃，女人魚該女人吃，吃錯的話會肚子痛，嚴重還會致命。

島上時日，神父融入當地生活，和達悟人打成一片，他以芋頭為主食，跟著村裡小孩爬樹摘龍眼，學習吃田螺，幫忙看看小病，在小學教音樂和畫畫，參與飛魚祭，和村民下海拖網捕魚，還一起去臺東山裡打工賺錢。他以無比的關愛、勇氣和堅持，接受蘭嶼的生活和文化，神父說：「愛他們現在的樣子，而不是改變他們。」

三十年前，《蘭嶼之歌》由三毛翻譯為中文出版，現在，丁松青神父自費出了英文版，他想讓西方人了解這座迷信、原始又美麗的蘭嶼。英文版裡增加當年沒收進中文版的照片，教人驚訝這麼多年過去，底片保存的完好，同時增加了一篇文章，談到重返蘭嶼，對於核廢料棄置的無奈和憂心。篇章裡簡單的英文，平易近人，丁神父一臉的笑：「那是我英文最好的時候。」

三毛在序裡形容這是「有愛心，有無奈，有幽默，又寫得至情至性的好文。」這本讓她感動和驚訝的生活記錄，你是否有興趣讀讀？

《國語日報》少年文藝版 2005 年 12 月 20 日

圍城裡的華麗年代：《愛在列寧格勒》

作者：黛博拉．狄恩 Debra Dean
譯者：王瑞徽
出版：皇冠文化

在列寧格勒幾世紀長的身世裡，九百多個被圍城的日子渺微短促，然而作者黛博拉．狄恩賦予其藝術的燦亮與人性的幽光，這段時間因此有了重量。

主角瑪麗娜是列寧格勒博物館的導覽員，圍城期間失去工作舞臺。博物館在炮火摧殘下幾成廢墟；金漆剝落，骨架外露、鏽蝕，多處滴漏滲水，砂包堆疊，展廳空蕩寂靜，僅餘壁上蒙塵的畫框。她卻在烽火暫歇的某個夜晚，為三四十位士兵導覽解說；這場導覽始無前例，全然虛擬，但無比真實。兩盞煤油燈照亮這群參觀者的腳邊，瑪麗娜對著畫框開始形容畫作的構圖、線條、色彩、光影和故事，生動細膩且鉅細靡遺。在眾人無邊蔓延的想像裡，畫作從灰暗潮溼的牆壁間慢慢浮現，鮮明完好宛如一向懸掛著的戰前。之後，隨著瑪麗娜的口述，導覽路線上的畫作陸續重現。一個個展廳像被敷灑金粉似的，瞬間輝煌起來。

動人之處不止於此，還有含藏在過度餓寒的羸弱軀體裡的熠熠光彩；年輕軍士們因受到啟發，心裡湧動對於藝術的喜愛，對於信仰的體悟讚嘆，以及對於純粹、美善的渴望。這股被藝術之美醒覺的靈光，隔絕了外在烽火的現實苦痛，以及為了生存必須忍受的卑微低賤，保溫著希望，並讓人短暫忘卻饑寒。

文學作品離不開「人性」，《愛在列寧格勒》也是。作者黛博拉．狄恩透過烽火圍城和藝術作品描寫人性的多方面向；即使她說：「人只是血肉之軀，所有關於愛的抽象觀念，到頭來都得屈服於這個事實。」（頁 150）小說裡仍有許多謳歌光明良善的段落；居民在死亡環伺下，斤斤計較每日口糧，卻能在孕育新生命的母親跟前慨然捐出；或者，親疏有別的界限淡了，明知一小口食物對家人的續命能量，卻分予氣若游絲的路人；當人們飽受飢餓折磨，視死亡為平常，麻木無感時，繪畫作品張揚世間的美麗，喚起心底的光熱、感動，和所以為人的悲憫情懷。這些都展現了靈魂的厚實和溫度。

瑪麗娜忘卻豐饒的現在，記取的是貧乏的圍城時刻，以及更早博物館裡的畫作尚未撤離的華麗年代。而記憶宮殿裡的畫作永恆散發輝光，無疑也是對人性靈明的禮讚。

《幼獅文藝》2009 年 5 月號

極致的遺憾美：《慈悲情人》

作者：鍾文音
出版：皇冠文化

未完成最夢寐；情愛關係裡一方若以死亡退場，將成就極致的遺憾美感，使另一方追索，或以一生銘記。《慈悲情人》女主角月兒與兩位男主角初陽、星子之間即為如此。

一切因初陽而起，月兒的趨近、離開全是回應他的情感。「妳知道我一直在注意妳，但只要看妳一眼我的腳就好像更瘸了下去。」「你知道我也一直在看你，但只要看你一眼我的心就好像更被刺痛了。」（頁 86）年輕時的情愛真摯純粹，然受現實進逼、年歲推衍，終究各自風景。

而陷落情愛的每顆心靈都有部分為他人領土，不受自己管轄。初陽由於肢體殘廢腐朽，對愛的體悟早熟且成熟——先行撤退，以維持愛的完整；他的行動受限，心靈看似堅毅自由，實掛念靈月。月兒則是出走，見識繁華奢靡、落後貧乏的城市與國度，交遊亮麗光鮮、空洞哀傷的人物；她四處飄盪，但心魂迎向島嶼初陽。同時，旅次中，月兒結識物質貧乏，但傾盡全部心力愛她的星子，他的堅定熱烈只有一個方向。

日、月、星三主角齊整，在同一個時空運行，既定軌道上短暫遇合後即不再交會，作者顯然以名姓預示了離散的結局。寂滅的初陽、殞落的星子，他們或許無意以愛為名束縛生者，但月兒無疑持守不滅的記憶，此生無法自由。

另外，作者藉由月兒與他人的情愛網絡，摹寫泰半相對而非絕對的世間質素；奔放直接與壓抑曲折，功利現實與精神靈性，俊美的外型與殘缺的軀體，生物的原始慾念與靈魂的高尚無私，以及，安城、星子相對於小陽，月兒相對於星子、小陽等。對照間顯現情感的潔淨、目的性、完成性與慾望的墮落流動、軀體的交纏震顫一樣壯烈，共同昭示了生命的存在。

故事最後，月兒以胸前小瓶裡的骨灰標記與初陽、星子的關聯；沒有了永恆虛妄的追求，情人究竟慈悲還是偽善？答案無需分辨。至少愛過，不論深淺。

《幼獅文藝》2009 年 6 月號

靈魂老去的歷程：《緩慢的人》

作者：柯慈 J.M. Coetzee
譯者：梁永安
出版：天培文化

柯慈描摹了老年光景：斷裂，以及緩慢。

先是身體「散了架」，可能斷腿，或如同斷腿般的某種疾病造成生活巨變，而自年輕開始積累的，像是友誼、婚姻、金錢、家庭、嗜好等即發揮作用支撐接續的人生。且此一突如其來的打擊，迫使行動、思慮、反應等節奏緩慢下來，孤寂、空虛感急速膨脹，導致舉止荒唐。殘忍的是沒人在乎，長者只能接受「需要的是照顧，而不是激情」的終段旅程。

柯慈再三強調「繼起生命」對老靈魂的必要，所有渴愛的悲慘和委屈都來自於「膝下空虛」。主角保羅・雷蒙特左腿截肢後，生活裡的一切緩緩遲遲，但情慾發作迅猛如火，他專注熱烈於已婚的看護馬里亞娜，且擴及看護的兒女、夫婿；討好地奉獻金錢、名譽和自尊，卑微地乞求與他人發生關聯，企望以一個「教父」的身分。歷程難堪。

除了細寫長者執守記憶，排斥新事物，有種理受人尊重的神氣外，受矚目的還包括帶有後設意味的寫作方式。

柯慈安排《伊麗莎白・卡斯特洛》裡的伊麗莎白現身《緩慢的人》，既與男主角對話推衍情節，也激發其自我意識。她的角色多元，至少具備三重身分。

某種程度上，伊麗莎白等同作者，引導保羅進入下一個情節；阻止向馬里亞娜再度示愛，連絡馬里安娜抒發情慾，揭示老照片被複製的玩笑等。她理性地與保羅對話，有中肯的建議，也有刻意挑撥的時候。而由於保羅在小說裡漸漸流露自己的意志，不受管束，與其說伊麗莎白／作者設計了情節走向，還不如說是雙方討論、爭辯的結果。書裡有句「作者睡著了，而她筆下的角色卻在四周盤桓，找事情消磨時間。」（頁225）顯然如此，伊麗莎白／作者對未來的情節逐步喪失主導權，段落間可見「忍耐、等待保羅下一步」的敘述。

同時，伊麗莎白還是個小說家，她展顯了創作者的感受與氣性;作品裡的人物乃突如其來地闖入腦子開始一連串的行動;靈感泉湧時窩踞小桌瘋狂的書寫、註解；文思枯竭便在公園餵鴨子打發一下午；寫作毫無進展時，沮喪、憤怒和疲累全面滲透生活，身心靈幾近「長睡不起」的狀態。

另方面，撇開作者的分身、小說家的身分，伊麗莎白是個虛弱、心臟不好，需要一雙愛之手的年長女人。

故事尾聲，伊麗莎白梳理保羅與馬里亞娜一家為清爽的關係後，以希望獲得關愛的女人形象出現，請求與保羅攜手人生。男主角理當依循預設路徑，邁向「友伴式婚姻」，但此際保羅的自我發展已臻完熟，他有禮地告別伊麗莎白與柯慈，走出小說，發展自己的人生。

《幼獅文藝》2009 年 7 月號

細水慢流的大河：《燭光盛宴》

作者：蔡素芬
出版：九歌出版社

作者試圖營造用餐時娓娓敘說故事的氛圍，情調軟性，說的卻是生離死別、拋家棄子、兩岸隔絕、主僕輪暴傭婦等驚心的主題。

小說主線有兩支。主線之一為主角白泊珍從內地大戶人家小姐到新竹貿易商的歷程。她在父親的安排下，心有未甘地與入贅的夫婿產下兒女，之後孤身離家，在對日戰爭期間擔任看護，且與醫療補給運送員相戀，然此對象已有妻、子。各有婚姻的兩人籌組新家庭，國共戰爭中渡海來臺，後聘本省人菊子為幫傭。商人子弟白泊珍依恃自幼耳濡目染的醃漬本事、經商技巧、對待底下人的方法做起小生意，事業越見規模，養顧兒女留學、成家。其間寡婦菊子遭受男主人與工人侵犯，懷孕生子，在白泊珍的協助下寄養別處。

主線二，「我」受託為老婦人記錄人生經歷。六年前，身為採訪編輯的「我」在大姑授意下轉交一盒照片給老婦人，再受老婦人的託付撰寫傳記。傾聽老婦心聲的同時也向大姑詢問當時情景，發現兩人間深厚複雜的情誼以及祕密。在此過程中，甫與先生離婚的「我」與老婦的小兒子發生婚外情。

書中末段，昔時追上此刻，兩支主線合而為一，時空都是「現在」，老婦人為白泊珍，大姑即為菊子。

作者展演了四〇年代以來的戰火流離、兩岸阻絕、外省人與本省人聯姻、留學風潮、大陸探親、女性自主等主題，企圖宏大。而敘述技巧也不容小覷，目錄可見一二。蔡素芬以雞尾酒、開胃菜、沙拉、主菜、甜點與飲品等西餐菜式作為每章的引子，藉此描寫「我」的愛慾表現，飲食且男女；餐間的空檔則是主文，每章裡今昔交錯，一方面是白泊珍輾轉來臺，創立事業，護持家庭的心路歷程，一方面是「我」作為過往的記錄者，竟逐漸與白泊珍一家發生關聯，成為故事一部分的經過。

大時代中，白泊珍直對生活，此一餵飽、保護家人強悍果絕的形象，與《飄》裡的郝思嘉身影重疊。而菊子則為了撫養孩子，且顧及主僕情誼忍受屈辱。好在作者下筆溫柔，終其一生奉獻犧牲的兩人得以安享晚年。

末章以「我」─單親媽媽完成書稿，決定未來，捨棄愛情，獨自於書桌前點亮燭火作結，像是呼應少年的白泊珍實現自我，遠離家人的決絕，也像在呼應中年的白泊珍擔起家庭責任，放下所愛的堅毅強韌。

又一本大河小說，作品裡的滋味多元，層次豐富，仿如盛宴。

《幼獅文藝》2009 年 12 月號

流轉的重量：《末日酒店》

作者：黃碧雲
出版：大田出版社

說是本小書。

篇幅 120 頁，跟著去了山上、海邊，流連火車、咖啡館、病院診間、美髮沙龍、課室窗邊。占據整段或填塞零碎時間。從夏末細語至秋初，靈光乍現又隱沒。

然而份量很重。對於寫作的固著熱烈，對於文字的有禮節制，並且，拓展了閱讀小說的視界。

碎語喁喁自言自語，通篇幾乎逗號，讓人憂鬱胃痛。書中人物對話、情思與作者喟嘆評論交錯穿插，敘事觀點不斷轉移。思緒一旦飄浮，迷途分歧十萬八千里。

人物紛紛出場，像鄰居親友經過中庭般，自然而然，熟悉親切不必交代；出場即是角色，直接在處境中，連結或跳接，而不鋪陳因果情節。迴旋纏繞的方式說戰火，說情慾，說鬼魅，說聖潔，說生命的榮光與毀壞；既是，也不是。

戰爭圍地，用最萎靡變動不居的場景，昭顯不斷流轉的人生底蘊。

酒店 107 號房間，一樁樁難解的祕密玄機。從咒詛開始。先是牆壁滲水，澤國漫漫一片實則乾燥得可以鑽木起火的詭異；繼而吊扇墜下無名屍體，鬼影四處游離；所在走私情慾，狂恣燃燒；隨後意愛凋蔽剝落，天花板盡現創世紀圖畫……邪靈與聖潔交替相生；以沫相濡，淋漓濃火，末日其實不絕望，新生光芒閃爍繼起。

二度圍地。相同的慾望橫流，鬼魅亡靈盤旋，107 號房能量衡定，永不消滅的咒詛作祟和新生煥發，靈魂可以沉落可以升華，只不過調整順序，重新迴旋，由另一批人逐一演示。

即使現下烽火不再連天，無有所謂英雄烈士，情事依然如常偷渡，生存仍是必要考量，命脈延續不會終止。「如果我們還會有更好的明天我們就不會有世界」（頁 63）。酒店，永無末日。

末尾輕描淡寫酒店緣起修道院，塵泥、雲端兩處俱為人世暫棲之所；歌唱跳舞的火燒眼眉與溫柔可親的祈禱祝福，統統是寂寞底層與肉身共朽。每一個時代都從希望和光榮起始，逐漸腐朽毀壞，表象內裡攪盡搗爛，縱情放任的墮落焦黑，再從頭建設，光亮潔淨，一切如新。人生也是，先天生成，後天練就，質地深沉精純或平庸粗糙，一番分崩離析，春風吹拂又生。

日出，終究華麗開場。反正總會結束，反正，總有希望。

《幼獅文藝》2011 年 11 月號

曙光出現：《熔爐》

作者： 孔枝泳
譯者： 張琪惠 Fanny Homann-Chang
出版社：麥田

依真實事件為本的作品，揭示了人間種種殘暴嚴酷的不公平；「性侵加害者受到制裁」此一「理所當然的常識」，並不存在。而以金錢、權力和謊言構築的這個世界，從來沒有改變。

首先，由於生存，來自金錢的壓力。我們窺見一個成年男子的心路歷程；面臨龐大盤根錯節的國家社會體制，在不同身分之間的選擇與作為；承擔家庭經濟重擔、關愛陪伴孩子長成的丈夫、父親角色；教育、關心學生的老師角色。兩邊原能夠平衡，但在察覺聽障與智力障礙學生遭受學校師長性侵後，他緊守教師的責任，保護學生不受傷害，訴諸司法。然而，生計與公理的交戰浮上檯面，家庭與工作互有牴觸，他的重心游移偏移，立場逐漸產生變化。

金錢連結權力。任誰都受不住檢驗，律法之前，道德的瑕疵被放大，隱私公然檢驗，足以毀壞信念與一生。不具特殊教師的資格、教職透過關說與賄賂獲得、參與違法組織協會、與未成年少女發生關係且致其自殺……他因而背棄自尊，敗退給窘困的處境以及妻女溫情的呼喚。文末書信裡，他有最深刻透犀的剖析，卻採行最窩囊的不告而別叛逃。

另一方面，出生在困蹇環境，聽力與智力障礙的學童，先天匱乏，後天貧窮，家人成天憂煩三餐，巨款誘引中簽妥了一紙合解書。

每一個路口都是抉擇，顧全自己和家人，或是有所失去的覺悟。貧困壓垮了志氣、尊嚴與良知，沉默乃飽腹的前提。最深沉且無所遁形的真實粗糙，莫此為甚。

而保固金錢與權力，總是需要謊言。機制體系底下無法辨別欺瞞機心與實意實心，即使法庭，即使教會。作者質疑「以主之名」；信主便是大善人？不行不義、羞恥之事？實則和其他機關無兩樣的運作模式，錯綜複雜的人際網絡，彼此掩護，為有錢有權者服務。讚美詩在文中，諷刺非常。

作者孔枝泳寄託希望於一名單親媽媽，她的身軀嬌小，經濟不寬裕，有著一往直前的勇氣，無比堅韌的信念，「我現在只是為了不讓別人改變我而奮戰。」（頁 217）「如果說我曾覺得自己可憐不幸，那就是我明知不該，卻選擇和現實妥協的時候。」（頁 224）

如果一地區居民匯聚的聲音微弱，那麼一座城市、一個國家的人們齊聲吶喊，一定能夠被聽見，撼動。只要意識到，便有改變的契機。《熔爐》一書積極地促使國家修法，案件重新審理，天際曙光終於初現。

原本就是這樣，這個正義公理稀薄的世界。是我們誤以為天理昭彰沉冤得雪終歸有報。在活著的尊嚴與卑微之間，宗教無能救贖，美好必須堅持，真理必須奮戰，唯一仰賴的，僅餘人性誠摯良善的幽光。

《幼獅文藝》2012 年 8 月

王朝覆滅的啟示：
《白銀帝國：翻翻明朝的老帳》

作者：李連利
出版：遠流出版

朝代更迭裡的政經制度、外患、征戰和人名，課本總是很快帶過去，短短幾頁交代江山幾度易手、時局的風起雲湧。近期收視居高不下的歷史劇著墨皇室鬩牆、官場勾心或後宮爭寵，精彩絕倫，充滿了人生警示。在經典重新詮釋、歷史人物翻紅的時際，細細看待朝代盛落、人事繁華凋零如何累積為現世，充滿了無與比擬的吸引力，宛若全民運動。

李連利的作品《白銀帝國：翻翻明朝的老帳》為「評書體」寫作方式，和一般歷史小說不同。讀來沒有戲謔譁寵，也不讓人發笑，處處有本有據，卻沒有平鋪直敘的枯燥，字裡行間穿插不少故事案例，生動具體，彷彿現實場景再現。

一個朝代的覆亡絕非單一因素，作者清楚明白地表示，包括貨幣政策、經濟政策、國際貿易方面的失敗，以及災害、瘟疫頻仍、吏治腐敗、官僚商人、貧富懸殊等等綜合導致。本書裡，李連利以「白銀」作為評述主軸，也作為切入角度，在多數專家學者對「白銀」持正面評價時，李連利不以為然，提出了敗乃白銀的觀點。

當時明朝擁有全世界最多的白銀，鄭和七度下西洋，各國競相朝貢，貿易頻繁，姑不論天朝心態，可謂最有錢的國度，富裕強盛自不待言，卻缺乏稅款救災、供糧、出兵，民不聊生，怨憤四起。作者視貨幣稅賦制度為罪魁禍首，富者越富，貧者越貧，徵收不到富人的錢，窮苦百姓卻一分一厘逃免不了，各階層只為自身利益盤算，流氓化嚴重。皇帝率先搜刮民脂民膏，中飽私囊，上行下效，宦官不遺餘力，各方權貴更是積極毫不手軟，逼得農民起義造反，王朝終致傾頹。

說穿了，明朝和其他各朝並無不同，君王有睿智有庸昏；有重視民間災害，可隨時上報，並建立完整救災醫療體系與糧倉的朱元璋，有玩鬥鷹駕犬、狼蟲虎豹，玩政策方針不務國政的朱厚照；官有清有貪、有奸佞有賢能；有講求道德打壓貪污的海瑞，有注重犯人時疫衛生問題的楊繼宗，有用人唯才不重德行的張居正，有為重新長出生殖器而吸食童男女腦髓的高寀，有姦污婢女打死奴僕的董幼海。黎民百姓則同樣是苦。

最大不同是商人取得了戶籍，財富迅速積累，位階大幅度提升，有了參與科考的權利。先是官鬥不過商，再來官商勾結，繼而官商一體，一步步掌握權柄，左右朝政。影響所及，私利為重，淫靡之風流布。

讀來讓人慨嘆，充滿機會和可能的年代啊，真可惜。

「知識份子的節操是保持社會思想純潔的最後防線」（頁364），一旦失守便無所謂變節，因已是崩潰需再造的世道。財富集中，社會一片奢靡之氣，知識份子道德淪落的情況會再出現嗎？還是我們要問，美好的年代曾經到臨？一去不復返？瞬息萬變的世界裡，歷史昭示了恆久不變的價值，捻亮一盞檯燈，我在桌前靜待黎明。

《幼獅文藝》2013 年 5 月

閱讀的愉快：《童言童語》

作者：蘇童
出版：聯經出版

「那些塵封的記憶之頁偶爾被翻動一下，抹去的只是灰塵，記憶仍然完好無損。」（頁 88）童年記憶恆遠綿長，不斷重回作家眉睫筆下，蘇童常將過去的人和物事幻化為小說的一部分，而在散文集子《童言童語》裡，則是如實貼近曾經的現場。

輯一「記憶碎片」記述童小生活；混亂動蕩的年代、清苦的家境、雙親的親愛與爭執、生病被迫停學、念念不忘的童話故事、街角的公共廁所、飽脹而亡的金魚、夏夜傍晚吃西瓜吐子晾肚皮消暑……鐵道船家雞鴨磚瓦，鄉野城郊無一拈來不是文章。他時而以孩提好奇的眼光描寫，時而以長成的口吻直截批評自己，筆端情感與場景穿越四季更迭、風霜雪雨晴空月夜來到跟前；我們似乎看見小蘇童呵護一支棒棒冰，在溽暑街頭快樂地奔跑；中蘇童在雨點打落屋頂青瓦聲響裡思念母親；大蘇童因忘記小學師長而喟嘆、自我譴責；筆觸輕輕淺淺，親切自然浮現人事景物，留白而有味。

輯二「文字生涯」為蘇童閱讀經驗的記述。他凝視自己閱讀與寫作的歷程，標記出深受影響或深為著迷讚賞的作家作品；卡爾維諾《樹上的男爵》、卡森·麥卡勒斯《傷心咖啡館之歌》、波赫士《博爾赫斯短篇小說集》、弗拉基米爾·納博科夫《洛麗塔》、卡佛《能不能請你安靜點？》，以及辛格《盧布林的魔術師》等等。而絕對不能忽略沙林傑《麥田捕手》，蘇童坦言這是滲入心靈和精神的一本文學精品，迄今無法擺脫此書與創作生命的連結，即使沙林傑現下被視為二流作家，他依然「珍惜沙林傑給我的第一線光輝」（頁 147）。尋繹蘇童的閱讀軌跡，我們被他的浪漫、痴迷和文學品味所觸發，也看見滋養形塑一位作家的諸位前輩大師。

分享著童年時光、閱讀眼光，《童言童語》裡還教人喜歡旅遊風光。對於其他國度、對於習於生活的所在，蘇童字字句句沉靜有情，「樸拙」、「懷舊」、「抒情」魅人的力量美好生動（頁 127）。隨著文人步履體察純樸、緩慢和安寧，遇見每座城市的靈魂。

「令人愉悅的閱讀每年都會出現幾次。」（頁 146）便以蘇童此語為此書註解，同時也以此作結。閱讀愉快。

《幼獅文藝》2013 年 6 月

還有更大的建設要來：《白馬走過天亮》

作者：言叔夏

出版：九歌出版

盛夏日光白灸。窗外蟬聲噪亮一波波自遠方而來，聲響由弱趨強再漸漸消弱靜息，翻開言叔夏《白馬走過天亮》，隨順文字，心情斂束涼涼，Lomo 影像模式逐漸蔓延籠罩，日影晃晃的空曠，幾頁之後，細密交織為網布滿空間教人無處逃躲的蟬鳴忽然一變為雨聲，由遠而近落滿整座屋室，整個世界。

場景情節裡似乎看見自己。那是從前從前的某回、兩回、三回，心頭隱約浮現說不上來的情感情緒，旋起即滅未曾清晰到足以編就文字，飄忽逸散時空中，彷彿忽略遺忘。然而事隔多年由言叔夏一一召喚出現，流浪的碎片霎時聚攏，墨色加深成形。

一干深深淺淺，銳利割裂，或是邊緣破碎不規則的生命的創傷，字裡行間袒露的直視、親密的複習、自行療癒的可與不可，空蕩蕩又溫柔的情感。常常的幽暗蜷曲，回返母親子宮深處的安全深邃，最原始的重新選擇、重新長成的渴望。

透過散文偷窺作家日常作息最是正大優雅，讀者彷彿置身生活現場；旁觀童小、青春、初出社會的新鮮、責任加載的負累；參與親人、朋友、同學與路人之間的來往交鋒與情感波瀾；更與之遷移山邊海濱，無論公路旁的房子、鐵道邊的小窩、地下室穴居，統統體驗有感，作者讀者攜手一同經歷跌宕、獲救，種種難堪與微光，生命的緊繃與鬆弛。

然而文字流過，像是讀到了什麼，卻又隔層霧玻璃，並不真切。作家的功力所在，也是機心。在真實為底蘊的前提下，時空交錯，場景跳接，詩化的語言展示旅途風景似真又假，有時連續畫面，有時蒙太奇。

生命荒涼。蟬聲像海，海潮的聲音似雨。文山雨濃，一陣陣落進心裡，鬱鬱的浸漬。傷害啟動書寫，而書寫是治癒，還有更大的破壞要來。傷痕弭平不了，就放著，不是河也得繼續流下去，世界老這樣總那樣，終能安頓，終能尋獲和諧共處的方式。

《幼獅文藝》2013 年 8 月

午後的閱讀盛宴

北一女中菁圃，黑衣黑裙的朱天心正侃侃而談，學生或坐或立，或筆記或凝神細聽。午時，貴陽街上車聲稍歇，使間或傳來的笑聲特別響亮，她們在談《擊壤歌》，一張張專注的臉龐說明對這場際遇的珍惜。這是「社會人文資優班」的國文課，在戶外。

九十三年四月核准成立的「社會人文資優班」今年是第二屆，每星期一下午有三堂專題研究課程，範圍涵蓋英文、公民、國文、歷史和地理，與建中、中山人文與社會科學資優班有中研院、臺大社會系的資源不同，北一女完全由校內學有專精的老師擔綱。

提到這群學生，導師陳美桂臉上有掩不住的得意。因為學生的領悟力較高，她試圖藉優質作品慢慢改變學生的閱讀習慣，這學期的兩本班書為《擊壤歌》和大江健三郎《為什麼孩子要上學》，一本敘事、一本說理，以後每學期都會指定。同時以張愛玲〈天才夢〉、王安憶〈我的業餘生活〉為書寫範例。她認為，生活裡隨手拈來都是美感，週記上〈白露帖〉、〈秋分帖〉、〈寒露帖〉便是以時序為名的書寫標題，幾次之後，學生自動擷取題材取名。第一次國文專研課上，她以「雲門」為例，從林懷民的〈蟬〉談起，到一系列的舞作，再到「雲門」對臺灣的回饋，帶學生領略舞蹈裡的文學風景。舞作中強烈的力量與感召讓全班動容，不願置身於「一千五百萬個掌聲」之外，因此請託美桂老師訂票，相偕欣賞〈狂草〉。而也只是在課堂上提起周夢蝶、明星咖啡屋，綠色的身影就在段考後出現武昌街……。

同時，為了讓學生有親炙大師的機會，這學期安排了朱敬一和阮慶岳兩位學者演講，朱敬一講題為〈一位經濟學者的人文觀點〉，當天講座結束後，學生紛紛就當前的經改、世界經濟情勢發問，那股圍著朱敬一不放的熱情，讓他隔天打電話來讚許，美桂老師還用「有如革命青年一般」來形容。而阮慶岳則將以〈建築的文學風景〉與學生分享心得。

二十七位資優生之一，綽號小駱的駱巧軒眨著圓溜溜的眼睛說：「這是個新世界，可以擁有新的視野、新的生活。」因為學測失利，試考資優班，不料就此結緣。小駱強調，授課老師不會刻意加東西在她們身上，但她的思辯能力、對美的感受卻有明顯提升，「那是一種氛圍」，她說。一臉慧黠的呂新禾則表明自己從小就想得多，常常被當成異類，但進入資優班後，「遇到了類似的靈魂，彼此相契的程度教人訝異。」一旁的小駱露出深得我心的微笑。

美桂老師總是在咖啡館細細地批閱週記，以滿篇文字回應學生，「那不是師對生的話語，而是站在一旁，凝望的快樂」，她說。開學兩個多月，學生親暱地在週記上喚她「美桂」，關懷與鼓勵的簡訊於師生間收發傳遞。如此的用心，如此的回饋，正如呂新禾所言：「我們要唱自己的歌！」

後記：

當年，普通的白衣黑裙有「長安小百合」的美麗封號，想來是為了彌補無緣穿上綠色制服的缺憾吧。而最不明白的是《擊壤歌》裡那群蹺課致力發掘新鮮事、將水深火熱的高中生活過得五彩繽紛，卻又能考上臺大的學生，「難道差一個學校就差那麼多嗎？」事隔多年，朱天心的一句話「你們已經很優秀了，不需要花那麼多時間把成績從 90 分提升到 99 分，去探索世界更重要……」於是恍然大悟，年輕卻已經過了好久。

金石堂《閱讀情報》2005 年 11 月

鳥瞰古地圖，行旅臺灣

智慧通訊年代，從一地前往一地，旅人打開電子地圖確認方位、規畫路徑、瀏覽街景並預測抵達時間。然而，如果打開的是一張古地圖？能夠產生什麼作用？答案出乎意料；打開一張古地圖，如同開啟一扇時光之門，讓人回返曾經，想起一個又一個悠遠綿長的故事。

「跨越時空的城市之旅──臺灣八景暨古地圖特展」設在基隆舊火車站大廳，展示著日治時期吉田初三郎、金子常光師徒繪製的基隆、臺北、高雄、花蓮、阿里山等二十幅鳥瞰古地圖，以及臺灣八景圖。這些細膩的圖景與有情的說解文字充滿魅力，多看幾眼仿若便能穿越古今；古地圖上一個個地名、物產、山脈水流、觀光名勝、古蹟遺址與歷史事件，再現昔時風物情調，讓人體察先人生活，也看見舊日臺灣的光華。穿越過往今昔，明白了立命安身之處，進而放眼八方未來。

葡萄牙人說了第一句「福爾摩沙」之後，基隆便在船隻、旅人的往返與時序交替之間，逐漸積累出自身的文化、歷史，因而比其他城市擁有更鮮明的港口特質及行旅色彩。基隆市長林右昌為了讓土地、歷史與人的連結更加緊密，邀集文化局長彭俊亨和文化工作者張振豐、張志遠等人，著眼基隆的「行旅」特色，設定「古地圖」為推展主題，並在「整個城市都是美術館」的理念下，利用舊火車站做為展示地點，舉辦「跨越時空的城市之旅──臺灣八景暨古地圖特展」，期盼民眾親近、再認識基隆的古往今昔。

古地圖特展，親見精湛畫藝

展覽設在舊火車站一隅，行人旅者前往轉運站總是經過而忽略的地方，不過，急忙的步履現在不知不覺會停下來，先被腳下超級大幅的臺灣古地圖攫住目光，再被周圍的鳥瞰地圖吸引。「古地圖本身就有股魔力，讓你一靠近便不想離開。」策展人張振豐一臉虔敬地說。

走進基隆舊火車站的展場，彷彿走進一間小巧的藝廊；臺灣八景圖由上方一幅幅垂懸而下，二十幅古地圖綿延牆面，《臺灣鳥瞰全圖》鋪列在地板上，每張圖好像喁喁說著一個怎麼也說不完的故事。

這些鳥瞰古地圖出自日本畫家吉田初三郎、金子常光師徒數人之手，完成在 1933~1935 年間。1930 年代初期，他們應日本總督府舉辦「始政四十年臺灣博覽會」的邀請，幾度走訪臺灣，籌劃、描繪出《臺灣鳥瞰圖》、《基隆市大觀》、《臺北州大觀》、《淡水郡要覽》、《臺中市要覽》、《新高山岳與日月潭》、《國立候補新高阿里山》、《觀光之高雄市》、《恆春要覽》、《花蓮港廳大觀》和《觀光之花蓮港》等數幅地圖來呈現臺島的地形地貌與風情景物。

吉田師徒融合西洋畫與傳統日本畫法，運用透視技巧，繪製出色彩豐富的「鳥瞰圖」。「和現今通行的地圖有很大不同」，張振豐解釋，「『鳥瞰』用現在的話來說就是『空拍』。『鳥瞰圖』類似鳥類自空中俯看而得名，視點往往是想像出來的一個點，並非用來測量距離、顯示地形的等比例製圖。」不可諱言，這批鳥瞰圖是當時日本向世界展示殖民臺灣成果的一部分，繪製時不免特意放大某些主題，更細細標示地名、山川、物產、航線、觀光景點、交通工具、古蹟遺址與歷史事件，記錄人文、經濟情狀。

以展場地面鋪設的《臺灣鳥瞰圖》來說，金子常光將臺灣島橫列海上，視角放在臺灣西海岸上空，向下俯視全島。從左至右，註明著大屯山、插天山、大霸尖山、桃山、新高山、大石公山、卑南主山、月光山等大小山脈，以及淡水河、大肚溪、濁水溪、花蓮溪等每條水流，山巒之間可見蘭陽平原、花東縱谷和西部平原。圖上一個個圓圈表示該地的魚、茶、檜、米、麻、鹽、甘蔗、文石、珊瑚等農漁林物產，冷泉、溫泉更是清楚標記，從北投、金山、員山、蘇澳、彰化、關子嶺、東埔、瑞穗、知本到四重溪等各處無一漏失。盤繞山區平原的粗紅線條是輸電線路，臺島附近海面散布的龜山島、火燒島、紅頭嶼（今蘭嶼）、小紅頭嶼（今小蘭嶼）、澎湖、望安等小島也一座座詳加摹記，太平洋、臺灣海峽上畫有航線與海浬，地圖最上方標記了日本本土，最下方則標示出中國海岸，整幅地圖涵納許多訊息，喋喋訴說歷史長河裡的一刻。

為了營造身歷其境的氛圍，張振豐特別設計《臺灣鳥瞰圖》與各區域鳥瞰圖、臺灣八景相互對應的展演方式。觀展時，站在放大古地圖的地板上，無論從島嶼右方還是島嶼左端起始，隨著步伐邁動，彷彿一步步踏入立體空間；若自富貴角啟行，牆面相應《基隆市大觀》，上方懸落「基隆旭丘」風景；行至臺北，側牆的圖是《淡水郡要覽》、《臺北州大觀》，上方懸掛「淡水」風景；再幾步到臺中，側牆是《臺中市要覽》，上方飄揚「日月潭」……如此環繞島嶼，名勝風物盡納眼底，每一步都值得放慢速度，給眼睛和記憶多一些時間。

展場裡幾位老人家駐足《淡水郡要覽》古地圖前比畫，「我小時候走過這地區，這裡種許多西瓜」、「有啦有啦，我嘛有看過，我嘛有記得。」你一言我一語，時間好像一下子退回從前，彼此仍是年幼的孩子，而手指所及之處，昔日風土人情一幕幕重現眼前。一旁的張振豐不禁緩緩說道：「這些古地圖帶有濃厚的藝術成份，能夠讓人追尋先民們的故事，印證從前的生活。」

珍視古地圖，催生特展

而無論哪一個時代，總有人默默關懷臺灣，蒐集、留存與這座島嶼有關的事物，「臺灣古地圖史料文物協會」便是這樣的一個組織。2005 年，一群珍視、醉心蒐羅古地圖的朋友，因為相同的興趣和目標集結為協會，此回「跨越城市的時空之旅—臺灣八景暨古地圖特展」展品即出於協會成員。協會理事長張志遠特別感謝「博陽文化事有限公司」社長楊蓮福、「戶外生活圖書有限公司」社長陳遠建，以及「南天書局有限公司」總經理魏德文三人大力協助並提供藏品。他強調，這幾位收藏家熱情熱心，為保存古地圖不遺餘力，不僅留存日治時期的地圖出版品，更在拍賣會裡搶下珍稀的古地圖原件，展現對這片土地的心意。

張志遠本人正好是「臺灣八景」水彩畫的提供者，他說，原件為吉田初三郎繪製的明信片，一組八張，乃先前透過友人輾轉自日本購得。他進一步指出，八景指的是臺灣八大景色，分別是「基隆旭丘（今中正公園）」、「臺北淡水」、「臺中八仙山」、「南投日月潭」、「嘉義阿里山」、「高雄壽山」、「屏東鵝鑾鼻」和「花蓮太魯閣峽谷」，張振豐接著說明，

「早在康熙年間，臺灣就有八景，不過，年代久遠，而且大都集中臺南，所以日治時期，《臺灣日日新報》舉行新八景票選活動，由讀者選出新的山水名勝，也就是吉田初三郎畫的這八個地點。」

談到最喜愛的古地圖，張志遠指著《觀光之花蓮港》說，「當然是這幅！」然後不好意思地笑了笑，「這幅的視角由東岸向西岸俯看，在臺灣古地圖裡非常少見！地圖裡頭色彩飽滿，有起伏的綠色山巒、湛藍的海洋、黃色的土地，還有曲折的海岸線，畫面非常美。」他陳述的時候雙眼發亮，語氣裡有掩藏不住的熱烈激動。

湧現基隆想像

出身基隆的張振豐則最愛《基隆市大觀》，他對此處的一景一物都有興趣，也都熟悉，特別是港口、碼頭。張振豐看著古地圖上以基隆為起點一條條弧形的航線表示，「旅人從一地出發，可以選擇飛機、火車、汽車，但對當時的基隆人來說，搭船是最方便的。」他繼續說，「站在這幅地圖前，心中便湧起無窮想像，當時的旅人懷抱什麼樣的夢想啟航呢？」

當時的夢想究竟遺落或實現？沒有人知道，不過，基隆是臺灣向世界出發的港口，也是收帆靠岸的港灣一事自古而然。今年，基隆建港 130 年，「跨越時空的城市之旅—臺灣八景暨古地圖特展」設展在基隆，意義深遠。市長林右昌指出，基隆是臺灣的「國門」，歷史裡有好長一段時間，各國士兵、船員、旅人都從這裡上岸，他們對臺灣的種種印象也都源自於此，這座城市富含了豐富的歷史場景與風貌，古地圖在此能與時空相互呼應，展現更深刻的文化意涵。

穿越基隆舊火車站抵達新站的數十步之間，二十幅鳥瞰古地圖和臺灣八處美景圖帶領人們穿越時空回到 81 年前；凝視前人走過的巷弄街道、穿越的山脈水流，領略昔日的風光、想像前人的生活故事，同時也體會到畫家對臺灣地景的詮釋與情感。展開古地圖，看見那個時候的臺灣，以及韶光經過的痕跡。

《台灣光華雜誌》2016 年 9 月第 41 卷第 9 期

急什麼？路這麼美—創作

菊花茶

隔夜茶在杯裡圈了茶漬，褐色的痕跡，是該洗洗還是倒了殘茶將就著用呢？猶豫中，想起爸爸滿是茶漬的杯。

和父母一起住的時候，早晨都從濃濃的茶香開始。家裡頭一定有茶葉，爸爸喜歡烏龍，起床第一件事便是拈一撮茶葉，往瓷杯沖熱水，再順手把杯放進餐櫃裡，喝完便加熱水回沖，把茶當開水是他幾十年的習慣。濃濃的茶湯，在杯緣、杯底和握柄上留了茶漬，經年累月，白色瓷杯上深深淺淺的，都是茶褐色痕跡。我曾興起清潔茶杯，杯口的藤蔓花紋在水裡逐漸明晰，洗好，放在固定的位置上，怎麼看就是不對勁，太白、太花、太乾淨了。好在茶水一擱便留漬，杯子很快回復先前的樣子。

父親原先喝的是菊花，小小的黃菊，浸過熱水後全滿在杯口。當時我大約小一小二，好奇花泡成的湯，也十分欣羨爸爸邊看新聞邊喝菊花茶，於是想辦法就著擁擠的杯緣喝一口，呃，不甜不鹹，很重的草腥味，說不上討厭，也談不上喜歡。

然後是一個下雨的夜晚，白蟻飛進客廳，好幾隻，我和妹妹大驚失色，媽媽端來水盆放在燈下，說會掉下來。果然如此。盆裡的白蟻在水面掙扎，脫落了翅膀，我看著微黃透明的翅膀，湧起似曾相識的感覺……很像爸爸喝的菊花茶殘渣，這個發現，讓我從此對菊花茶敬謝不敏。什麼保護眼睛、消除浮腫、降肝火啦，統統不管用，白蟻的翅膀耶，說什麼都是不碰的。

就去年吧，眼力衰退，白紙上的黑字一個個像浸了水似的暈開，媽媽買來一罐乾燥菊花，要我配著枸杞沖泡，當下反射性地想起水面漂浮的翅膀。幸好有沖茶袋，拘著菊花，完全不必擔心。像是彌補似的，我開開心心地喝了一整個夏天的枸杞菊花……

還是把杯洗了。打開櫥櫃，裡頭琳瑯滿目，該喝什麼好？連著幾天東奔西跑的課也真是累了，就「晚安茶」吧，安撫神經，希望一夜好眠。

（2006/09）

父親

從小怕父親。

父親沉默寡言，不擅長表達情感，和大部分父親一樣。直到高中，我才敢跟他多說話。

小時候，印象深刻的是每天早晨醒來，他總在聽「空中英語教室」，喝著濃濃的茶，然後咧咧嘴，像笑又不像。

我讀小學時，父親出國留學，不在家一年。除了寫信回來，我們偶爾接到國際電話，說英文的接線生問是否同意付費，但我不懂，害怕得掛掉狂奔找媽媽，後來再接通，父親說統統講「Yes」就好。回國那天，家族接機，我拿著花圈，遠遠看見爸爸出關，跑過去還沒掛上就哭了，姑丈一旁直說：「怎麼不叫爸爸？」後來被妹妹取笑。父親從美國回來後，我們有了吃麵包做為早餐，以及吃披薩、漢堡的經驗。

一次，三年級的老師忘了，而演講比賽就在隔天，晚上父親飛快寫好講題文章：〈我們的總統〉，我邊背邊哭，他還幫加手勢。

參加國父紀念館繪畫比賽，不知移了多少位置，畫得差就是畫得差，但父親買來一盒高級蠟筆，像是鼓勵。小四校園寫生畫不出椰子樹，帶回家請父親幫忙，他……畫得也不好。

父親工作之餘，早起準備研究所考試，利用時間修課，默默完成論文。不像我搞得全家雞犬不寧。

數度前赴南非、英國、日本進修、考察，時間幾個月或半年，他不想再離家，之後婉謝部裡的安排。父親是家族中最用功上進的人，我遠遠不及。

嚴格。

每每將到新學校、新環境時，總告誡我「不要自以為了不起！」我自是萬般委屈，誰覺得了不起啦！

大一十點多到家，他站在客廳嚴厲訓斥。之後每次晚歸都是。三不五時問功課、問論文。問得輕描淡寫，但讓人緊張。

非常疼我。

考高中時，全班由導師帶著照顧著，父親中午特意來轉轉。考大學時媽媽陪同，他中午仍舊看看。大三外宿期間，給了六七萬元買筆電，除打新聞稿和作業，我最常用的是「美少女夢工廠」。考碩班時，他拎著高級的日式飯盒，從臺北車站一路走到三十分鐘外的考場來，然後離開。手機剛流行，讓我買易利信的紅色孔雀機。

而瞞著家人辭去工作，在K書中心準備博班考試，是父親發現的。比我還積極守在電腦前查各校榜單。博一去彰化兼課，他買了整本預售票，提前去車站畫位，夜半也提前三十分鐘到出口等待。

結婚時不收聘金，說還在讀書，未能幫忙分擔家計；也不要拜別父母，感恩在心裡，不需跪謝親恩。

父親整理標註三個女兒從小到大的照片，三人各為主角，一人一套。

他自己也留了，寫下序言：

「我們年輕的時候，孩子們尚在稚齡，然隨著寒暑的變幻與季節的交替，時光也悄然遠颺。當我們驀然驚覺時，已是飛霜兩鬢，孩子們也已由懵懂而成長，心中難免有著無邊的感觸，有欣慰、有喜悅，也有濃濃的期許；我們希望孩子們能藉著這些精選的照片，無時無刻不喚起塵封的記憶，懷念孩提時代成長的歲月，惦記著往日共處的點點滴滴，也由衷的希望孩子們能以愉悅的心情面對人生，對於未來也有著美好的憧憬。」

我大學畢業典禮，他和母親一早抵達，校園裡四處合照。碩班畢業時，從我代表領證書，走上臺那一刻起，父親熱烈鼓掌直到我下臺。博班畢業也是，領證、撥穗時滿面笑容地拍手。

他比我更關心大學職缺，當我想請客的時候，父親說吃起來不開心，拿到專任再講。

父親不曾誇獎我。母親轉述，一回父親看病，醫師說看起來好年輕，他眉飛色舞回答：我女兒都念博士了！算是唯一的一次肯定吧！

我有了孩子後，父親最常掛在嘴邊的是孫子，不再對我說重話，也不常說什麼話。前幾年聽母親提起，爸爸希望我出人頭地。原來是這樣。可我似乎辦不到……這段時日，父親的頭髮一下子花白了，讓他失望了。真的很抱歉，爸爸，這個父親節沒什麼好快樂的，下一個一定會開心一些……

（2011/08）

午夜出爐的點心

高三那年，母親迷上做點心，通常晚餐過後，她便興致勃勃拿出食譜，一字排開器具和材料，摩拳擦掌起來。那陣子我吃下了餅乾、杏仁薄片、戚風蛋糕、瑞士卷、口味殊異的杯子蛋糕、蛋塔、蛋黃酥、棗泥酥、披薩和許多不知名糕點，大概是這輩子與各色點心接觸頻率最高的一段時期。

多數點心製作手續繁複、烘烤時間長，出爐接近午夜，家人早就耐不住先睡，大都是我邊讀書邊陪媽媽等待，印象最深刻的是蛋塔和披薩。沒記錯的話，八個蛋塔，大尺寸，快十二點的時候閃著金黃色澤來到餐桌上，媽媽很開心，要我驗收，可能是她的眼神，太期待了，我豁出去，一口氣吞下四個，還不忘笑笑說聲「好吃。」另一次披薩，情況也差不多，有一半進了肚……記得當時只想吃完趕緊上床，現在想來，母女半夜坐在餐桌旁，壓低聲音喝茶吃著熱騰騰的點心，好難忘也好幸福。

也是那陣子的事。中秋節前，媽媽狂做蛋黃酥，從早到晚，家裡滿溢甜甜的香氣，分送親友鄰居後還有許多，為了家人健康，媽要我帶些請同學嘗嘗。中秋節當天放假，但學校開放教室讓高三生讀書，我拎著一盒蛋黃酥走進校門，覺得班上那票大小姐八成不感興趣，當下決定送到警衛室，警衛、工友和打掃阿姨聚在一塊兒談天，我說句：「這是媽媽做的，請大家吃。」放下東西便離開。十點多，我在位子上啃書，聽見隔壁傳來校長的聲音……沒多久，校長真的走進來，後頭跟著拿了盒零食點心的訓導主任，她們說些打氣、佳節愉快的話，校長還提及有同學帶了好些蛋黃酥由警衛轉交給她等等，喔，原來送到校長室了，我上前從訓導主任手裡拿起顆糖，覺得校長單純可愛，這學校真不錯。

這事昨晚才向媽媽提起，不知是她忘了還是我忘了……

這是媽媽的第三十三個母親節，我的第二個，我知道，在母親這個角色上，我永遠沒辦法做得比我媽更好。

（2006/05）

丟書、賣書與買書

見不得丟書。

在樓下廢紙回收車旁看見一大疊書籍雜誌，大約七成新，有些受潮吃灰。汽車和電腦雜誌也就罷了，書的話，有參考書、社會史、思想史、人類學和幾本中外小說，我蹲著翻翻揀揀，決定帶走《人類學緒論》、《人類學與當代世界》、《資本主義與社會民主》、《不平等的發展》、《民主的模式》等共十三本（其中，前衛出版的《一九八三臺灣小說選》我已經有了，真是百思不解，舊書攤裡常見到這本書），因為趕著出門，一部分放在信箱裡，放不下的，在回收車裡掏個乾淨的紙袋，裝妥寄放管理櫃檯。

在路上邊走邊笑。

國中暑假，幾次和妹妹拖著一菜籃的舊報紙到附近回收場賣錢。一回，換得微薄報酬，正要轉身回家，發現角落有一大捆參考書，像發現寶藏似的眼睛一亮，問老闆可不可以買，「可以！」我找到幾本下學年的參考書，開心地抱回家。之後，有機會便到回收場挖寶。

說挖寶一點兒也不為過，那是一半屋頂、一半露天的紙類回收場，參考書捆成一堆的機會微乎其微，多半是散落在露天的廢紙堆裡，我和妹妹蹲在上頭，像小野狗似的東翻西找，總是可以發現幾乎沒寫過的參考書，各科的、總復習的、模擬考的、重點整理的，好多好多，印象最深的是綠色封皮的新無敵生物總復習，「新無敵」是當時最新、最好用的，找到那本，如獲至寶，捧著一大疊參考書去結帳，老闆說：「這麼用功，五十塊便宜賣。」呵呵，國三就靠那些，沒再買其他的了。

講到丟書，一定要講《萍踪俠影錄》被賣掉的事。

母親喜歡家裡窗明几淨，每天清潔打掃，兩三個月便整理丟棄用不著的東西。某年夏天，我和妹妹離家一星期，大概是去玩，回來後，發現書架的書部分被母親賣掉，包括整套的「中副選集」、柳殘陽的《生死鎚》、《雷之魄》、《銀角震八荒》和署名綠萍的《萍踪俠影錄》，我們失聲尖叫，大吼大鬧，但一切已經來不及了。

真是可惜了《萍踪俠影錄》。這套十本的武俠小說，來自頭份的租書店，米黃色厚紙板書皮，黃色的紙張很薄很薄，還有插圖。好像是第八集，數十張內頁被泥土沾滿，看不見文字，我急著讀，懶得拿布擦拭，直接用手指沾口水化去泥灰（當年進獻《金瓶梅》給嚴嵩時，應該把精采的部分用毒灰蓋住）。現在想來，字體實在太小，難怪母親堅持賣掉。

有意思的是，書名為梁羽生的，但內容卻是《射鵰英雄傳》，而且啊，其中有倪匡代筆的段落。當初《射鵰》在明報連載，金庸有事出國，商請倪匡代筆，集結出書的時候，因是倪所寫的，加上對情節無重大影響，便刪去，這一刪，南琴、南琴的爺爺、毒蛇和火鳥的段落再也看不到了……

對著那些搬回來的書發呆，一時片刻或根本就用不著的書，該放哪兒好？記得碩班王國良老師最大的心願是買間「書房」，我想，我也是。

（2006/07）

大日子

是兩個妹妹的大日子，文定、畢業。

與我分別相差兩歲與十歲的妹妹，求學時代多半一起生活。大妹打從出生就美，小時一起出門，大人總是稱讚「妹妹好漂亮喔！」然後注意到一旁臉色不豫的姊姊，趕緊補聲「姊姊也很可愛！」可我不會妒忌，很以美麗的妹妹為傲。一直過意不去的是小學五年級時，我遺忘路隊旗在家，請妹妹回家拿，急性子的我卻等不及，拋下她自顧自去上學，到教室後發現旗子在櫃子裡，我匆忙去找妹妹才知她在家裡找了老半天，被媽媽催促出門，可是在巷口找不到我，邊走邊哭到學校，還拿著我們都很喜歡的樓上掉下來的茉莉花。後來想起這事，我都難過得掉淚。

我們一起學書法、學琴、趕公車學英文，也一起在大淹水後去公園的垃圾堆翻找娃娃、在廢紙廠扒參考書，以及一起去電影院看《七寶奇謀》。求學階段，各自忙於沉重的課業與考試，然後逐漸長大，一起逛街購物、分享美食。我曾因男友與她吵架，盛怒下抄起桌上醬油碟向她潑去，也曾用眼淚攻勢逼使她坦承有交往對象⋯⋯直到我離家，我們是一塊兒長大的。孩子氣的妹妹年底前將完成終生大事，真有許多不捨。

小妹出生後，我自「姊姊」升格為「大姊」。記得外公從醫院回家，開心地說小妹很漂亮，我便期待如同電視廣告般可愛的女娃成為家人，沒想到，幾天大的娃娃就是紅紅醜醜皺皺還愛哭，和小天使完全沾不上邊，可因為歲數差得多，我和大妹自然疼她。說實在，小妹成長過程較孤單，她扮家家酒，我覺得幼稚，她焦頭爛額於課業，我和大妹早脫離苦海，她青春期的叛逆，我們解讀為不孝，她著迷日本卡漫，一套套往家裡搬，我覺得浪費；在我眼裡，小妹是另一個世代、不懂事的孩子，直到我懷孕。

接近預產期時剛好寒假，她天天下午陪我散步、幫忙留意路面和車子，相處時間長，我發覺她對人事物的觀察入微，而且說話得體，這才意識到她長大。而前陣子小妹應徵工作後穿著襯衫短裙出現眼前，我著實楞了一下，昔日那個綁著沖天炮髮式、搖搖擺擺學走路的小妹將出社會面對試探考驗，而我關心她太少太少。即將畢業了呢，「過去這段時間妳快樂嗎？」我想問。

匆促間沒及細細思索，先以孩子說的話作結吧，「恭喜恭喜幸福快樂！」祝福我親愛的妹妹們。

（2007/06/15）

哺乳動物

恭喜好友，初嘗人母的喜悅、慌亂與疲憊。

這個年代，母親多半依照育兒專家的建議，盡力滿足寶寶的需求，比方餵母奶。然而，這是個讓人無能休息的歷程。

想起那時陣。

產後隔天對酒過敏全身疹子，進補、發奶的食物不適合，飲食因此如常，奶量不多，向學姊買來的電動擠乳機器完全是折磨。規律猛力拉扯中，錐心地疼，成果有限，試了幾次便放棄，改用人工。

月子結束恢復上課生涯，母奶收集成了重要課題。除了提醒自己多喝湯水，手動裝備與冷藏設備都得帶出門，也要預先安排時間，比方下課或課間空堂。下課時間短，只能單邊，等下次下課再處理另一邊。如果要跑兩所學校，得趁換校空檔或中午休息時間。

雖然鼓勵母親餵奶，但當時環境並不親善。每所學校，能收集乳汁的隱密地點是洗手間。我先逛過整座校園，找到使用人數最少、最乾淨的一處，整個過程都要非常小心清潔衛生。

歷史悠久的學校，硬體設備老舊，悶不通風，夏日身處其間，異味陣陣，且因不斷的手動，常要冒汗，可謂嚴酷的考驗。而冬天裡，寒風颼颼，低頭看著半裸的自己只能苦笑。

班上一位好友使用電動機器，我們聚會時會找提供隱蔽空間且有插座的餐廳。她一回進市區辦事，臨時找不到合適地點，情急之下走進行政區的辦公大樓，向職員說明原委，主管知道後即刻讓出辦公室約一小時，我們除了佩服她機智，也感覺溫馨。

餵奶期間正好遇上博班資格考，從中午開始，持續進行至晚間。我和另一位也在哺乳的好同學，邊寫答案邊離畢業更近一步，卻也同時感覺另一波危機的逼近。三四個小時過去，乳房飽漲起來，逐漸沉沉地發硬。好不容易做答完畢，已是七點鐘。我住得近，到家後，趕緊處理硬得發疼的胸，而同學還要沉甸甸硬梆梆地坐火車回宜蘭，一路艱辛。

這樣的日子前後過了一年。即使不是全母奶，哺乳動物已盡了全部的心意。

(2012/6)

幼稚園開學首日

出門到踏進幼稚園，孩子的心情不錯，說著試讀時認識的同學。母子兩人提著午睡鋪蓋、茶壺、水杯、牙刷、備用衣物進入教室後，孩子的神情黯然下來，他把東西一樣樣擺放定位，其間還傳來其他班級小朋友的哭聲，我有點兒擔心……幫他擦擦滿頭大汗，我站去門外，準備離開。

孩子面無表情的，找了個無人的角落操作遊戲，背影孤伶伶的，不時回頭看我一眼。感覺有些心疼，我知道他在忍耐。過了一會兒，向孩子說下午吃點心的時候來接他，他靜默一陣，白白的小臉，雙眼無神，回話「好」也像是「不好」。走出幼稚園，覺得要心理建設的是媽媽，因為我快哭了。

下午刻意早點出發，從「觀察廊」看過去，他還是早上那副茫然的神情。老師介紹遊戲角落的器具時，會走近聽聽看看，被前頭同學擋住時，也會繞繞，試圖找好位置，但沒有和同學互動的跡象。點心時間到了，同學們紛紛拿碗排隊，有些動作快的，已坐好吃將起來，他在位置上呆著，偶爾望一下門口，慢慢地去櫃子拿碗袋，掏了許久才拿出一個碗來，再從筷袋拿出湯匙，排進隊伍末端。我看著難過，決定過去。

孩子一看到我就哭了，不敢哭得很大聲，我硬撐著，要他先進教室吃點心，見到手上的碗用過了，一問之下，說是同學都用綠色的碗……他在老師的帶領下乖乖進去，我則躲在門後哽咽。

後來就好了。秋天傍晚，我們手牽手走在校園裡，涼風、樹影，他開心地說話、唱歌。我沒問「明天還想不想來？」而是「回家要不要泡個熱水澡？」

孩子，你已經很勇敢，很棒了，折騰了一天，晚上早點睡覺吧！

（2009/08）

我期待，品格先於成績

準備開學，和孩子一同整理書包、文具和餐盒，貼上姓名。

書包內側透明名片夾裡放進合照大頭貼，因午睡時會想媽媽，外側勾環繫上師母給我的西藏祈福吊飾，轉送孩子，期盼上學平安。

明天起，是十幾年的求學歷程。想跟孩子說些話。

親愛的孩子：

上週家長座談會，級任老師發下問卷，調查爸爸媽媽的教育理念。

媽媽想了想，寫下「生活常規與品格先於成績表現」一句。

生活常規是生活的基本，也是自我要求。比方媽媽要求你隨手關燈、摺好棉被衣服、東西歸位等等，這麼做的話，自己舒服，別人也舒服。能自我要求的人都不會差到哪裡去，媽媽覺得。

而不可否認，分數具備某種程度的重要性，關乎是否學到該懂的知識、明白的道理；無論你聰不聰明，學習都必須專心、積極、堅持，全力以赴。而「專心、積極、堅持，全力以赴」的態度是媽媽最在乎的事了，成績其次。

態度來自於品格。

媽媽覺得品格攸關為人處世的氣度格局，是一生都必須磨練學習的。很顯然的，品格不立基成績，而在於做人做事，對待位階較低者，以及遭受打擊挫折時的表現。也許可以說是

「心中的信仰，面對事情的選擇。」

現在大部分的人比較不重視孝順、謙虛、禮貌的德行，而崇尚財富，愛慕虛榮，說話浮誇。愛慕虛榮，說話浮誇的人，連帶影響他們在是非價值上的判斷，以及別人對他們的感受。

呃，好像有點難，這麼解釋好了，有些人說好聽的話讓你安心、開心，但他們做不到或不肯做，媽媽認為這是不誠懇的表現；常常講不誠懇的話，慢慢會變得不誠實，習慣找藉口。可能一開始犯點小錯，然後，有天便會做出傷害嚴重的事。而因為他們把話說得很漂亮，但實踐度很低，長期下來便失去別人的信任。

媽媽希望你誠實，說到做到。寧願你多做少說，腳踏實地，不用羨慕別人，吃點虧沒關係。媽媽曾經提過，如果有人誇獎你有禮貌、有家教，就是對媽媽最好的讚美。

另外，寶貝，我們無法選擇出生的家庭，但可以決定生活的態度、開創生命的精彩度。

媽媽認識幾個非常厲害的人。他們從小家境困苦，爸爸媽媽由於某些原因沒辦法好好照顧他們，有的放學後得捱到天黑才能回家、有的沒理由常常挨打、有的常常餓肚子、有的得借錢才能讀書，但他們不曾輕率放浪，而是咬牙吃苦，奮發進取，比所有人更投入更努力。現在不僅擁有非凡的成就，還不可測度的越來越好。他們的靈魂強悍堅毅，耀眼美麗，我多期盼你和他們一樣！

即將開學了，孩子，祝福你積極努力、勇敢堅強！

（2011/8）

七歲

在媽媽的親吻和「Good morning.」中伸伸懶腰醒來，被窩裡待遇有如帝皇，伺候換好衣褲穿上襪子，你睡眼惺忪爬近媽媽，選擇「無尾熊」抱、「小 baby」抱或「袋鼠」抱，然後「搖搖唱歌」你說。媽媽唱起這兩天的新歌〈紫竹調〉，輕輕搖晃，你舒服地閉上眼睛。

凝視著你，眉宇之際和出生時沒太大分別。記得那天外婆看了之後，對躺在床上的媽媽說：「怎麼那麼『ㄔㄡˇ』。」只用嘴形表示，還不敢發出「醜」的聲音。媽媽也這麼覺得，但沒說出口，真的好醜啊你，孩子，怎麼會這麼醜呢？此刻的你緩緩睜開眼睛，媽媽跟你說〈紫竹調〉的故事，好不好？

〈紫竹調〉是媽媽小學二年級學的，跟外婆學的。外婆縫補的時候唱起，我覺得好聽，磨著再唱，磨著寫歌詞。然後媽媽帶著歌詞唱著唱著睡著了。現在唱給你聽，覺得時間過得好快好快！

聽完歌，你站起身要媽媽背。撒嬌的功力無與倫比。很重，二十九公斤，再背也沒多久了，也就甘之如飴。背去餐廳吃早飯，看見心滿意足一臉的笑。摸摸你的頭，想起前幾天。

那天先接到一通電話，來電顯示英文人名，然而媽媽怎樣也想不起究竟是誰，接通後便說打錯掛斷。沒多久安親班主任打電話來「沒接到小孩！」我立即聯想你被帶走，一顆心彷彿墜落山谷，一直下墜一直下墜沒有止境。然而慌張毫無用處，電影裡的特務員爸爸好鎮定，臨危不亂，告訴女兒該注意哪些細節，最後營救成功，父女相聚。媽媽沒那麼厲害，只能推測你可能要做什麼，會怎麼做。一步步猜想。幾分鐘過去，終於知道你在哪兒了。不可避免的，其間社會新聞的各種情節在媽媽腦子裡上演，真有些可怕，雖然媽媽電話打來打去，跟警衛、主任和老師講話的語氣還算鎮靜，但冷天裡也是微微冒汗。

一次遇見你班上余小玲的媽媽，余媽媽提到她家女兒只喜歡你，因為你是全班最乖最聽話的男生了。之後，每次看見我都豎起大姆指。然而這種稱讚媽媽卻不怎麼樂意，懂事很好，但完全聽老師的話，不僅感覺很呆，還會被同學討厭。同儕情誼好重要。這種感受你大概不懂，有天會明白的。

明天就七歲了，孩子，想要告訴你的很多，我們還有很多時間可以說。現在只要記住一件事：做任何事之前，想一想，別讓媽媽傷心。

（2012/07）

四手聯彈

看見老師帶來的練習曲本，不禁脫口而出：「我小時候也彈過這本！」意外見到老友般驚喜。

好熟悉，有懷念的感覺。

人生，怎麼就走到這裡了？

爸媽看《清秀佳人》時有感而發，「安妮．雪莉走在那條鄉間小徑時，一定沒想到日後她會上戰場。」是啊，未來如何誰能知道？

是要相信善惡到頭終有報，還是《老子》天地以萬物為芻狗？母親要我相信，秉持良善克盡本分，然我更傾向後者，沒有安排的。

《百年孤寂》裡，人世一切歷程結局已然寫好。

現在學琴好玩多了，不像從前硬梆梆的，多是指法或音階練習。前幾天孩子練習，對我招手再拍拍身旁椅子，原來有伴奏譜，即刻興味地四手聯彈。向來用「你再厲害一點就可以和媽媽四手聯彈」來鼓勵他，沒想到這麼快就有機會。

國小，爸爸去南非考察時認識的工作夥伴，後來也到臺灣研習。「外國人」到家裡吃飯是大事，我和妹妹想了娛興節目，自編練習〈耶誕鈴聲〉聯彈。晚飯後我倆興奮又害羞的站去鋼琴前，爸爸用英文說了一段話，那對外國夫婦開始和結束都非常熱情地鼓掌。

那時我和妹妹好緊張，自顧自己的手，現在我則有餘裕照管兩雙。享受和諧默契，彈奏地順利與音符飛揚，孩子臉上笑意盈盈，空氣洋溢幸福的味道。

或許學習經驗愉快吧，能夠主動練琴，感謝啟蒙的老師。上回學妹們談起襁褓中的寶貝，才發覺自己孩子的乖巧，讓人省心。

「媽媽，你上天堂以後會記得我嗎？」

「會啊！媽媽會記得你。」

「那我們再當人的時候，會記得嗎？」

「那時候是另一個新的人，就不記得了。」

「這樣我會很難過（眼眶紅）。」

「唔……不要難過，再當人的時候，我們還會在附近。」

「什麼意思？」

「比方現在我是媽媽，下次我可能是你的孫子、你的朋友、你的鄰居等等的，還是可以常常見到面啊，不用難過。」

彷彿陽光驅散陰霾，表情開朗起來。

孩子感覺難過，而我是害怕。害怕巨大的悲傷，別離的時刻。夜裡一旦啟動念頭，發慌墜入無邊境地，惶惶無所依。

不能想。

最想聽的不是「儘量刷」，而是「有我在」。

有我在呵，在我還能陪你練琴的時候。

（2012/09）

看牙

我想，牙醫診所的利潤一定相當可觀，否則，方圓百公尺內不會有六間，若算上公車兩站以內的，至少得再加三家，而近來曾接到兩通電話推銷植牙保險，這或許說明現代人的牙齒越來越需要治療、需要美麗，或是治療得被分成好幾次，或是得做些不必要的治療，或是還有我想不到的……

國三時，牙齒曾補蛀整治，晚上留校後趕赴市場內診所，有時快十二點才結束，我困倦地在診療椅上漸漸合起嘴巴睡著。沒多久，聽媽媽說那位牙醫移民去了。

而最近一次大規模治療是寫博論初期，幾顆牙齒前前後後掛了近二十次號，兼課的錢去掉大半。和牙醫較熟之後，帶孩子檢查，然而他對孩子沒什麼耐性，後來我自己也不去了。

博論寫到一半時的暑假，牙齒細細疼痛起來，附近隨意找了間看，直接被根管治療兩顆，卻沒處理好，之後在另家新開的診所重做，花錢花時間。

孩子的牙曾在學姊介紹下，去板橋看，路途遠，孩子小，公車勞頓不便。於是附近找了間新開的，介意的是換診所就得再照一次全口 X 光，孩子照那麼多次幹嘛，婉拒了。

帶孩子看牙前，我會預先為他心理建設，說明牙醫可能怎麼做，可能感覺不舒服。然而年輕沒耐心的牙醫比比皆是。一次把孩子嚇哭，牙醫和助手直接問我孩子有沒有問題（什麼問題？是你們的問題吧，治療之前，為什麼不先對孩子稍微說明就直接把器械伸進去？）我按捺心中怒氣，把我的拳頭當作牙齒，向孩子解釋療程。

一年級時，乳牙後頭長了新牙，牙醫瞧一瞧便問我要不要拔掉，完全無視聽得懂、要被拔牙的當事者，孩子雖然明白，但神情有些驚恐。

前陣子發現孩子牙上有黑點，檢查後果然不妙，需要根管治療，而可能因為喉頭較敏感，吸水的管子放進口腔，孩子常想嘔吐。牙醫表示無法治療，最好到大醫院看兒童牙科。聽了開始憂煩，乳牙搞成這樣，已經頗為自責，還得去大醫院，又不是一趟兩趟，可能要請假什麼的……櫃檯取回健保卡時，助理小姐說，這種敏感的情況需要全身麻醉，更是青天霹靂！

煩了幾天，深感庶民百姓的卑微，和孩子商量是否換間診所換個醫生，沒個定準。剛好去燒臘店吃飯，結帳時順口問了認識的老闆娘，她大力推薦一間，熱心地找出名片。是間離家很近，常經過的診所。回去路上預約掛號，要等一星期。

沒有華麗裝潢和新穎的設備，像小時候看牙的診所。牙醫師約五十歲，有櫃檯小姐但沒助理，孩子爬上診療椅，中間起身照了小張 X 光，聽見他們小聲交談，半小時結束，預約了下一次。

還好，完全沒要吐要哭的問題，我鬆了口氣。

問方才他們說了什麼話，「會痛！」，「要忍耐。」

我：「就這樣？」樂：「就這樣。」

幸運有這位沉著的牙醫師。先前每回經過都以為是開著打發時間、裡頭沒患者的診所，沒想到……以後就是這裡了。

（2012/10）

蠶寶寶

幾個月前看見社區裡的小朋友手上捧著蠶寶寶。不會吧？現在的小學生還要養蠶寶寶？問了問，是全班一起養，輪著帶回家照顧。好極了，心想。「那桑葉呢？」「合作社有賣。」

灰灰蠕蠕的蠶寶寶，小時在自然課養著，初始至後來的長相都不可愛。從早到晚吃個不停，消耗桑葉的速度飛快。隨著一次次蛻皮，越來越白胖肥嫩，後期還有些透明，看得見青青蔓布的血管。

牠們與食物難分難捨，一心一意緊抓不放，每隻腳裝有強力吸盤。清潔盒子鋪整衛生紙或更換殘葉時，得一隻隻硬生生扯離表面，隱微有轉開真空瓶罐的聲音。

最費事是食物，當年合作社也有賣，一包十元，很貴，買的人很少。當然曾經拿別的葉子來餵，也理所當然的，牠們頓時失去食慾，仰頭四處聞嗅張望。

通常，中午放學後，班上幾個男生會結伴到處找，找著了，隔天便帶來得意洋洋地炫耀。同一國的可以分到幾片，不同國的，最多只能問到大略地點。

媽媽也深為家中永不知飽的一群苦惱，趁我和妹妹上學，騎腳踏車在附近找桑樹。

一天放學到家，打開冰箱，發現好大包桑葉，是媽媽在附近兒童福利中心旁摘來的。她爬上傾頹的磚牆，好不容易採下一堆，手肘磨破了，全身沾滿灰土，她邊炒菜邊描述。我走過陽臺，看見泡在水盆裡髒兮兮的上衣和褲子。

後來我說給同學知道，她放學後跑來家裡要桑葉，媽媽不想給，意思意思地拿了幾片出來。

一段時日過去，有些蠶寶寶變成蛾，有些蛾生下了卵。卵後來變成深色，但僅止於此。蠶寶寶與我的交會便結束了。

再聽見「蠶」在之後很多年，課室裡師長提起蠶絲信紙，用來追女孩的。「怎麼做？」把吐絲的蠶放在餅乾盒的鐵蓋上，漸漸織成薄薄輕透的絲紙，在上頭寫詩文吐露情意，非常浪漫，「就是這樣追到師母的。」「那，還能結繭嗎？那隻蠶呢？」我問。「死了。」得到答案的同時被白了一眼，似乎無能理解那份動人，朽木不可雕也。

跟妹妹說起養蠶的經驗，她問，從中到底學到了什麼？

是啊，那時的我們究竟得到了什麼？

看見了蠶寶寶的一生，進而理解養蠶織布的歷史？對生命負責？養顧生命的艱辛？有沒有尊重生命的意涵在裡頭？

我不確定。

孩子在旁說，「合作社有蠶寶寶，只要拿乾淨的盒子，阿姨就會給你幾隻和葉子。」

這樣嗎？有些驚訝。

「可是，我不想養蠶寶寶，可以養毛毛蟲嗎？」

(2012/8)

臺語演講

上學期末，孩子帶著比賽日程表回來說參加作文比賽，我順口勉勵幾句，他接著說，還有臺語演講，嚇我一跳，「什麼？」「因為閩南語課考試第一名……」我們相視大笑。

平日裡都說國語，只在閩語課學臺語，偶爾和外公外婆說一兩句，這樣的程度怎麼演講啊？好在題目已經定了：「我最喜歡唱的兒歌」和「我最喜歡做的事情」，屆時抽籤決定。

寒假期間，常提醒他寫稿子，終於在農曆年前，寫好一小段：「我最喜歡做的事情是讀書，有空的時候我會拿書來看。我最喜歡的書是《超科少年》。接下來不會寫了，請媽媽教我。」我看了哭笑不得。未完成的稿子，以及不怎麼靈光的臺語讓全家人都很緊張，阿姨趁打電話來時，全程用臺語和孩子對話，外公也時不時問「稿子寫好了沒？」。總算在開學前一天，寫好兩篇草稿。

接下來是重頭戲，臺語只比孩子強一些的我，要和孩子一塊兒挑戰把稿子用臺語念出來，遇到不會的句子，便改成意思相近且會講的，比方「耳熟能詳」太難，直接刪除變成「有聽過」；「焦糖色」不會講，就改成「金金的咖啡色」，而有些避不開又不會說的詞語，如「昆蟲」、「柏油」、「望遠鏡」就打電話問外公外婆，孩子用注音或羅馬拼音標註在稿紙上，一整個認真的模樣。

每晚睡前，兩篇輪流練習，終於講得比較順了，但音調的高低起伏需要練習，句子該斷的地方也還沒斷。假日時，阿姨們拿著稿子幫忙加強語氣，幫忙想手勢，孩子隨著操演，講到激動處，手還會高高的舉起來，大夥兒笑成一團。

這幾週陪孩子一起準備，我講一句、他跟一句，彷彿回到嬰幼兒學語的時光。兩人一起笑著半生不熟的臺語時，我想起自己的比賽，最難忘沒準備好，哭了被評審老師請下臺的那次……期盼他學著把握機會，學著為站上臺的自己努力，也為自己留下美好的回憶。

（2012/02）

盒子

未過端午，棉被不能收，高溫還做不得準。

這就是了，天氣陰有雨。上星期沒見到雞蛋花，這週開了一樹，一地被雨打落大半，花瓣上甫沾雨珠。窄窄的街道撿起一顆球果，端詳著可喜可愛，後方駛近的計程車按喇叭。急什麼！路這麼美。

校園靜謐，濛濛雨霧，青綠潤潤，緩步一圈，松鼠鴿子小白鷺，古蹟與仿古蹟，看過大丈夫應如是的高爾夫球場，天際線讓人出神想望遠方。回到現實世界的石椅溼答答……找個容得下我這隻小豬開心的地方吧。

便利店員換人了。接班的男生精神不太好，懶懶倦倦吞吞的。上課時間，沒其他顧客，拿了一大片黑巧克力櫃檯前結帳，順便點茶，窗邊霸占一整條桌子，嘴中苦苦香香的，笑從心底直冒上來，眉眼滿足的鬆展，邊改作業，嗯，每篇都寫得「有想法」。然而缺少某種口感……架前找餅乾，不是 7-11，沒那種焦糖融融膩膩的餅，在蘇打餅和糖粒薄片間選了前者，掰下一塊黑巧克力一起。噢，我的臉更圓了。

卡通《小甜甜》裡的安妮被有錢人收養成了小公主，臥房美侖美奐，最引人注目的是點心盒，滿滿的糖果餅乾。小甜甜一次去，安妮想從盒裡拿出巧克力招待她。那集看完後，我也想要一個糖果盒。

那是一個黃色方形鐵盒，本來似乎裝冰淇淋。有了盒子，該有餅乾甜食，可是小時候家裡頂多是營養口糧、臺富餅乾，怎麼裝也顯現不出高級感，卻也要裝模作樣，和妹妹扮家家酒的時候，穿著媽媽的長裙，頭繫紗巾，小姐公主的，分享那個鐵盒。

貨源不足的關係，鐵盒後來移做寶物盒，裝可愛的東西。開始當然一股腦兒的塞滿，跟寶沾不上邊的也要算是。後來才真的裝些小玩意兒，亮片、香水粒、小珠子，香水橡皮擦、鉛筆，別針、髮飾、緞帶，巧克力糖的彩色玻璃包裝紙，跟媽媽要來的粉紅色十字項鍊、幾張聖母像書卡、藍白串珠包包，慢慢累積，後來裝進同學送的小小白狐狸狗玩偶，趙雅芝劇照。直到一次水災，收藏瞬間豐富成兩個抽屜。

一樓住戶從前做外銷，地下室收了許多樣品，水退後全堆在門口等清潔隊，被我和妹妹陸續撿回來。有好多，像是木鐲、珠串項鍊、手繪小圓木罐小木盒，媽媽幫忙洗了洗晾乾，排放展示櫃，不實用但漂漂亮亮的。而公園那裡丟棄的泡水東西更多了，有一盒盒可以換穿衣服的紫髮洋娃娃，雖然同款長得一模一樣。我們眼睛都亮了！我指引妹妹爬上垃圾小山，或左或右或前後，盡皆搜羅，統統帶回家，最後丟了幾盒泥巴真的很多的。那時芭比娃娃正流行，有這樣意外的禮物，寶貝極了！

上回撿了雞蛋花進教室，學生下課時在講桌放了對摺的紙張，是她寫的詩，關於雞蛋花的記憶，以及剛過完的暑假、剛剛結束的戀情。這次她直接走過來看著球果，問：「你是不是看它很可愛所以撿的？」再問「家裡是不是有個盒子，上頭寫『路上撿到的東西』？」我大笑出來，她也笑了，開心且默契地。

（2012/05）

端午

現在多數學校供應營養午餐，大概難見到便當盒裡裝兩顆粽子的景象。

小學，端午節前後總能聞見蒸飯箱飄出粽葉香氣，各家媽媽手藝不同，甜鹹都有，會讓孩子帶來的，應該頗為自信吧。記得課本講過屈原的故事，插圖是艾草雄黃酒、賽龍舟、包粽子等等。記憶中我家都吃現成的，媽媽沒裹過粽子，因此對於白白的糯米加入蝦米、蛋黃等餡料，經葉子一包，大火蒸煮，再打開會變成醬油色充滿了好奇。

唔……這時節吃的是不是粿粽呢？除了糯米口味的。粿裡餡料是切碎碎的炒過的蝦米、豆干、蘿蔔乾、香菇和肉絲，一顆顆包得不大。剝開綠綠的粽葉，雪白彈牙的粿，冷了也好吃，越嚼越香，跟油膩的肉粽比起來討人喜歡多了。

大約大學時，媽媽結識了附近擅於做菜的太太，油飯做得好，粽子自然也好吃，那位太太常用油飯、粽子社交，而我實心的母親便買來高檔糕點回禮，有的糕點甚至只聽過看過，從沒吃過……

後來知道北部粽和南部粽的分別，尺寸不同、餡料不同、蒸與煮的差異等等，在小說更讀到粽裡包入整隻雞腿令人咋舌的霸王級規模。難以想像，吃下去八成要飽兩餐……

粽子之外，非常深刻的記憶還有香包，也是小學。過節時，走廊上頭會懸掛應景飾物，元宵節是燈籠，端午掛香包，都由學生手做提供。當時市面還未販售香包 DIY，若非買現成，便成了媽媽的功課。高年級時，媽媽用藍紅絲線，花費三四個晚上密實纏出一個很美麗的圓幣狀香包，不料帶去學校繳交時，被級任老師拿走，說是很漂亮……媽媽知道後惋惜不已。

國中時縫香包，桃子形狀，高中也做過，草莓的，回家變成針插。再後來就沒人做香包了。市面上各式卡通人物、動物造型，湊近鼻尖傳來同樣的不怎麼佳的味道，工廠製作失去了趣味。

前兩週，孩子帶回不織布的草莓香包，學校美勞課成品，上頭還有眼睛、嘴巴，用透明膠帶黏著，看了啞然失笑。昨天在媽媽家包粽子，我捧著粽葉在旁呆坐包得累了，孩子則興致高昂，包了好幾個忙不停歇，蓮子、香菇、滷肉和自家蘿蔔乾，攙了許多白米、小米的糯米飯，餡料簡單加上粽葉小，蒸妥後，孩子直嚷比外面賣的好吃，要吃第三個時被媽媽擋下來。她很開心。

端午了，溽暑來臨，一年也過去將近一半。

（2013/06）

湯婆子

冷天下午，爸爸搭車轉車送來一個湯婆子，說是媽媽好不容易買到的，布套有黑色、紫紅色兩款，都帶來讓我挑。不鏽鋼湯婆子晶晶亮亮的，形狀真像烏龜，難怪有「水龜」一名。摸著玩著時，爸爸從袋裡又拿出一個深粉色的……真驚喜，好久不見呢！小時候用過，沒想到媽媽收著這麼多年，鵝黃色棉絨布罩洗薄了、顏色淡了，束口鬆緊帶仍好好的。

深粉色湯婆子，厚厚塑料材質，外形彷彿厚實的橢圓鬆餅，當年媽媽特意從嬰兒用品店買來，一個要價兩百五十元，「那時陣一百元可以買一兩金子。」媽媽說。冬天出生的我，幼嬰時期在被窩裡被湯婆子烘著，無畏屋外蘭陽的雨幕。過兩年，妹妹來了，兩人睡一塊兒，一塊兒被保溫，一塊兒享受父母的疼寵。

而大人堆裡就祖父有湯婆子，總放眠床上，要不就在灶腳裝了熱水又回到祖父棉被裡。農曆年節回鄉，冷颼颼地，吃過晚飯多半和妹妹蜷客廳沙發看電視，通往屋頂與天井的門板縫、關不緊的木窗、客廳門底下的空隙，寒風咻咻鑽進來，挑高天花板垂掛下來的燈泡老被吹得搖搖晃晃。祖父或父親從廚房彎彎繞繞的穿過陰暗長廊端來一盆炭火，大家輪著擠著把腳擱烘籠上，搶占炭爐中間位置，烤著烤著，腳掌心癢癢的暖和，不冷了，便縮回腳來，繼續嗑麻粩、仙貝。一年，祖父拿著一個深色布包一同看電視，有時抱著，有時放在腳邊，不跟我們烤腳，我和妹妹好奇要來看，粗粗的布，裡頭沉沉、亮亮的一個壺，現在想來應是湯婆子，當時我們沒興趣，向袋口看了一眼，隨即關心除夕特別節目和零食點心。

此刻又見粉色湯婆子，爸爸特別交代給孫子用，「一人一個」，他說，似乎預測上演母子爭搶的戲碼。年紀和我一樣的湯婆子，換孩子用了……，四十年歲月倏然即逝，我不知道爸爸的感受，他向來內斂，但千頭萬緒湧上我心頭。

孩子放學，見到湯婆子眉開眼笑，一邊念著產品注意事項，一邊急匆匆準備泡澡，浴缸裡帶著新的湯婆子玩，裝水、倒水，壓進水裡、水面漂浮，不亦樂乎，嘴裡「小龜」、「小龜」叫不停。

晚上迫不及待煮滾了水，小心翼翼注進一大一小兩個湯婆子，裝好布套提進房間， 先放床上暖被，再暖人。孩子懷抱專屬的小湯，神情滿足幸福，大小雙湯整夜熱呼呼，直到隔天早上都還有溫度。

外頭又溼又冷，趕在下班人潮之前，父親放下湯婆子後搭車離開。「湯婆子就是古時候的暖暖包」，孩子說，我摸摸他的頭，心想，這比暖暖包更好、更好啊。

（2016/04）

種豆記

讀著漢聲出版的《豆子》，不禁想起小學二年級自然課種豆子的事。

從家裡帶來質樸粗糙的鴨子造型花盆，沒有排水口但不以為意，和其他同學一起，一人一盆放置在向陽的窗臺。

眼見同學們的豆子發芽抽高，心裡著急，暗自懷疑是無法排水的關係，但不可能換了。因為進度嚴重落後，澆水更加勤奮，於是先長出黴來。

豆子終究發芽，只是陸續陣亡，最後僅存一枝。莖條細瘦，葉子黃綠黃綠的，即使不像其他人的翠綠茂盛，卻是我的珍寶，當他人的豆子開花，招來蝴蝶時，我的毫無動靜，且受到無情的訕笑。

好不容易，唯一的豆苗開出白花，也結出唯一的豆莢，慢慢地也頗為飽滿。我小心呵護，每節下課總去看顧一下。

終於到了那天，可以帶回家加菜的週六。

空氣裡浮動興奮的情緒，同學吱吱喳喳地炫耀共有幾個豆莢，還用手比畫會是多大盤的菜。我靜默著，好在有一個，心中也有微微的閃光。

放學前，老師一邊形容豆莢的構造，一邊在窗臺的盆子前來回，決定以實例做為示範；「這是誰的？只有一個豆莢，土都發黴了！」然後，就摘下來。

是我的……我那時在想什麼呢？不記得了，只記得沒哭，捧著鴨子花盆排路隊回家。

後來五六年級參與學校播音，中午在教師辦公室吃飯看報，位置正好在那位老師對面，每次她來，我都把報紙拿高，假裝沒看見。

（2006/06）

原版

孩子升上五年級後，補習班電話和傳單多了起來，下午接到「清大碩士」的電話，提供免費試聽學習，掛上話筒後，隨手翻開補習班傳單，「優秀是一種習慣」……標語下得真好。「即將進入備戰狀態了啊！」我想著，廣播裡原不以為意的「加強大腦記憶力的學習法」、「過目不忘的速讀」似乎都大聲了起來。

國中同學的孩子六升七，暑假已經報名補習班。而另一位國中同學的孩子剛考完高中，等待放榜。

好像不遠，記憶裡的旋身處，現實中卻已經過了三十年。小學畢業的暑假與歡樂告別，國中輔導班第一天，教室角落垃圾未清，炎熱天氣裡，發酵氣味濃濃瀰漫，我穿著硬挺領子的白短袖，走進有著新鋁框門窗、天花板比小學高的教室，風扇在頭頂奮力轉動，汗水一顆顆滴下來，襯衫裡的汗怎麼也擦不到，沿背脊一直流至白腰帶，襯衫和深藍百摺裙的交接處是溼的，腰帶也濡溼斑斑。

白硬領子終究洗軟發黃，深藍色的百摺裙逐漸磨洗成摺痕稀淡的抹布，腰帶紮得太緊顯得纖腰一束的女生被無情批評，年輕氣質好的新進國文老師被大家品頭論足，運動會時在操場旁為接力賽加油的偷拍照瘋狂流傳，升旗典禮喊口號的國三男生，濃眉大眼，短褲緊身，司令臺上線條一覽無遺，我的B班好友著迷萬分，兩人筆友般通信，偶爾私下見面，後來避不見面。佩甄功課不錯又美，一度專注別事成績退步，引得同班第一名同學寫文〈那年聖誕尚未紅〉呼喚她讀書，真相如何不清楚，畢竟是另一個A班的事，不過，大家都知道她們班的林同學，全校模範生競選時，被國三男生班烘鬧關在教室裡，花容失色，淚灑當場。

記得的是自己班。每科老師都是王牌，其中最愛國文老師，美麗氣質兼備，十分嚴格，考試不到標準挨打毫無怨言。每次上課穿的衣服都不一樣，最喜歡粉色上衣、白長裙的裝扮。一次穿了領口有紅白圖騰的黑色毛衣，眼尖的同學不禁「咦？」了一聲，老師說:「很眼熟嗎？你們宋老師也有一件。」我們恍然大悟，明白一些道理。數學老師課堂和家教班裡面貌兩般，歷史老師覺得C段班學生比較可愛，家政老師受不了屢被借課衝主科，對我們頗多微詞。

荷爾蒙被嚴密監管，以卷子、鞭痕為柵。然而青春攔不住，再嚴密也有縫，在眼神飛揚處，在每一次的唇角上揚。暗中來往偶有聽聞，但我所在的A班同學不敢是主角。不過，我沒忘記畢旅時，老師硬是安排與A班男生團體遊戲，我們尷尬萬分，氣氛僵硬沉悶，雙方都想離去，一名男生出來帶唱《英雄本色》主題曲〈當年情〉結束那一晚。我還記得他的名字。

有些事記不得，有些事不想再記得，那幾年竟是最好時光。「永遠不回頭」，如何不回頭？《我的少女時代》再紅，我還是喜歡《七匹狼》裡，王傑、張雨生的原版。

（2016/06）

《新天堂樂園》

電臺播放《新天堂樂園》配樂……那是第一次單獨去看的片子，高二，沒錯的話。

傍晚放學後步行到中興百貨的戲院，總都或首都（早不知在哪年關了），向售票小姐買了人工劃位的票，時間還早（因為當時還沒培養逛街購物的興趣），於是上樓，入口處一片漆黑，在隱約的光亮中，我辨識出一個也要入場的男子和幾張椅子，選個位子坐好，吃起一早在福利社搶來的蛋皮肉鬆麵包，擦嘴的時候，燈剛好亮了，可以入場。

上映一陣子，加上晚餐時間，電影院空蕩蕩的，眼角餘光瞥見右後方坐了個男人，心裡發毛，想到自己穿著校服，整整齊齊規規矩矩的，應該不會怎麼樣。忐忑中，唱國歌了，寥寥可數的我們全都起立靜默直到國旗飄揚才坐下，看完電影預告、政策宣導，然後本片開始。

片長兩小時，後來有泫然欲泣的衝動，翻找書包裡的面紙，發出唏歔聲，右後方的男人也是，不安的蠕動，他持續一陣子之後，換到前頭，可能受不了我呼嚕的音響，也可能想看清楚被剪掉的精彩畫面，無論如何，所有觀眾全散置眼前，莫名安心。然後片子結束。

回家路上買了原聲帶，做為夜半讀書的背景。高三時，珍而重之的借給同學阿美，她隔週還我，說「聽來很詭異，我比較喜歡 Kenny G。」上大學的暑假，她找我去教堂禱告，我只陪同一次。她常常去，比買了《新天堂樂園》的我，接近天堂。

（2006/12）

22 年後

再回到中山是 22 年後的盛夏酷暑，拿出證件在門口跟警衛室阿姨說了好久，她的不友善很強烈，但仍然放行，強調「儘快離開」。

「逸仙樓」沒記憶中的古舊，該是經過清潔修整，長廊豆沙紅色的地磚有踩熟的親切，迎曦道已經不單純，增設了一段木拼路。邊走邊停下來找角度照相，這段路有長大了再行經的短窄感。

小小學妹們暑假打掃校園，她們穿著白襯衫黑長褲或天藍色運動短褲，在我拍照時貼心地停下動作，或露出微笑。

大禮堂深綠色的彈簧沙發椅墊已經不在，改換一片米白座椅。高三早到校自習，禮堂裡就微弱天光讀書，偶爾抬起頭，偌大空間幾個也在讀書的身影，隨著天色越來越亮，像清晨開在草坪上一朵朵小白花。

操場旁莊敬大樓是新的，占去我一年級的教室與圖書館。

那時候教室有四個門，一邊通往排球場，一邊是中庭小花園，直屬學姊們有時穿越操場來找我。除了學號的兩位直屬，我比別人多了一位座號的學姊，高二學姊一位理組、一位文組，文組學姊為我介紹她最喜歡的小徑，小徑兩旁的樹當時細瘦葉稀，但學姊深信會長高並相互致意成為林蔭；理組學姊校外租屋，自己打點生活比較辛苦。

教室離圖書館不遠，下課常獨自趕著借書還書。後來習慣外國小說架前翻翻看看，《戰爭與和平》、《老人與海》一類，幾次光影透窗進來，塵粉細細飛揚間捧抱書籍，自覺步步散發古雅幽靜，期間也讀了席慕蓉《七里香》與《無怨的青春》。承辦借還書手續的小姐，手不方便，看她在借閱卡上寫字蓋章，心內有些糾葛。

中山樓前樹下桌椅一個學生趴著躲懶，一旁廣場有昔時啦啦隊排練回憶；校慶將至，同學要練不練，不肯躺下排隊形怕弄髒外套，形象沉默溫和的我看不下去，開口教訓，震嚇了不少人。

升上高二，拆班從仁換到智。智班以原義班為主，新加入同學可熟不熟的，座位隔壁是小學別班同學，她身上總傳來佳美香皂的味道，白瘦高又美，嘴角有顆痣，據說追求者眾，不僅明星高中男生，還有大學生。智班位置沒變，我在教室外拍了張照。

美術教室和音樂教室在操場另一頭，游泳池在高架橋邊，沒補習的日子放學回家，衣服還沒換，捧著一大包蘇打餅在電視前喀滋喀滋吃完。

高三有全校最強的老師，數學因此突飛猛進不必補習；國文導師換人，懂得少女心與全班契合；英文老師腰束得細細、穿著如女孩，文法教得活潑；歷史老師融合東西方同時講授；主義老師一個主題可以說出課本裡所有相關答案。被視為頭疼班級的我們，聯考時表現優異。

不到三十分鐘離開校園，經過警衛室向阿姨道謝，她面色親切許多，頻頻確定方才拍照不會有礙校譽。

「凱樂」麵包店裡沒人，逛一圈，買了紅豆麵包和菠蘿。店員看我暑假帶著孩子，多聊了幾句，問：「中山女中真的很好嗎？很讓你們懷念？」接著提到前陣子有幾位 30 多歲的牙醫穿著校服回來看老師，順道來「凱樂」買麵包。

一樣的心情。很難對她說清楚。

（2014/08）

小紙條

課後收到小紙條，十分驚喜。紙張是從筆記本邊緣撕下的參差不齊，甚至有被雨水或茶飲浸溼，色澤不一的水漬痕跡。現今的便條紙精緻美麗，裁切得整整齊齊，繪著氣質花紋或可愛圖案。然而更喜歡這類舊時氣息的小紙條；突如其來想寫幾句話，信筆記在紙頭，敷滿了一揮而就、直截熱烈，毫無雕飾的樸實美感。

收到小紙條的高峰期在高中。好友幼幼常在晚上留校讀書時，寫紙條給我。可能是傍晚各自買晚餐的空檔，或她要先回家，我不在位置上的時候。

那些小紙張不一定完好，端看她手邊；有日曆紙、補習班便條、用過的作業簿、考卷邊緣、一半的廣告傳單等等，隨手撕成不齊缺角的毛邊，加上飛舞的字跡，張揚她豪爽不作態的性格。離座回來，如果看見壓在書下、露出一角的紙片，便知幼幼又找理由回家了。

當時流行把信箋摺出花樣，很女孩兒家的。長方形紙張可以變成襯衫的樣子，或在角落摺出一片葉子，是煩悶讀書生涯裡又一高難度的挑戰。雖有難度，但和怎麼也背不完的單字、解不出的習題和無法明白的主義的聯考壓力比起來，這類型難題用的是腦袋非讀書的另一部分，甘之如飴。

不過，無論紙張大小，幼幼一律對摺而已，頂多對摺兩次。

上了大學後，收到她寄來的信，拆開一看，毫不意外的是她打工處的廢紙，給我的話在背面。

這些小紙條原先收在紙盒裡，某天突發奇想地全展開黏在本子上，一目瞭然，卻失去重新打開一張張祕密的期待心情。

小紙條也存在大一生活。當時上課不專心，和班上好友傳紙條，後來嫌紙張一片片收拾麻煩，我們買來談天專用的筆記本，改記在上頭。筆記本一週輪一人帶回家，有時忘了帶，念頭一來還是寫小紙條，傳來傳去充滿輕便的樂趣。

現在開會不方便交談，多半直接寫在會議資料上，趁前頭講者不注意，一邊將紙張滑送過去，一邊拿眼角瞄覷對方，看見對方回覆，便要按捺迫不及待的心情，等回傳時嘴角含笑或神色自若地讀完、回覆，再推送過去，偷偷摸摸的行徑彷彿小學生。

曾有位學姊考研究所時，因前方監試人員相談甚歡，坐在最後一個位置的她從教室後方傳紙條到黑板前，此舉奏效，全體考生獲得安靜的答題時空。而這是我聽過教人捏把冷汗的傳遞了，同一排考生一個個接過紙條再往前送出，不知裡頭寫著什麼，統統擔負作弊風險。

現今寫 e-mail、發訊息、網上談天說故事越發輕鬆容易，對於半舊不新的我來說，雖享受迅捷帶來的便利，卻也懷念摩挲紙張，看見筆跡、塗改的老派。手邊收到鵝毛筆禮物，寫幾個字便要蘸墨水，節奏慢悠，讓人蘊釀寫字的氣氛和心情，在這樣的季節裡，浪漫地寫一張小紙條。

《國語日報，藝文版》2011 年 11 月 14 日

青春，慢慢走

當時眼神清亮，白襯衫的領子尚未洗軟，黑摺裙擺過膝。一身旗袍的梁素霞校長在臺上對我們比出大姆指，說與校門口的單柱同義，是「第一」、「最棒」的意思，大禮堂滿是掌聲迴響。新生訓練，高中生活第一天，校長親暱地喚我們「小高一」，起身時百摺裙摺痕深深。

日治時期以來的學校有其風格校譽，梁校長喜歡女孩子有女孩子的模樣，尤其著意溫婉優雅；齊整短髮，髮飾一律黑色，夏季、冬季校服和跟鞋成套，不容白上衣黑長褲球鞋混搭，體育課以外時間不著運動褲。於是苦了下課打球的學生，以及正想裝扮的青春少女心。然而飛揚擋不住，髮夾黑色便罷，髮帶、髮箍選擇近似的深紫、靛藍、墨綠，百摺裙改短，長褲打兩摺或三摺 AB 褲版，西門町一條街招牌各家校服訂做。帆布書包掛上小小玩意兒，玩偶吊飾、鑰匙圈各式叮叮噹噹，年輕女孩校規縫隙中變化心思生出小花樣。公車上幫站位的中山人拿書包，進出校門時務必規矩端莊。

一年級被指派國慶日總統府前啦啦隊，與北一女、景美共同妝點閱兵廣場，廣場後頭還有一整片戴著傘帽的男校生，排列國旗和「中華民國萬歲」字樣。校長主張「花費儉約，造型華麗」，因此運用現有素材；短袖白襯衫套上鮮豔短 T，百摺裙向內捲縫變成蓬蓬裙。慶典前，操場與禮堂裡頻繁練習，為求最好爭執不下中，全體服氣平班班長擔任總指揮。當天一身輕便，僅帶彩球、花冠及公車票卡，忠孝東路走向重慶南路，滿街高中職學生通過一重又一重的安檢。那時候伍思凱正紅，廣場迴盪〈生日快樂〉，晴空萬里下李豔秋走過，負責轉播，和平鴿與氣球一同飛升，十五六歲的心熱情激昂。烈日裡吶喊：「中山女中，秀外慧中，誠篤敏慧，樣樣精通」，任汗水沿背脊流下，不想遜色於隔壁的北一。

而當熟悉的鼓點音符響起，中山女中樂儀旗隊通過司令臺，現場湧起另一股洶湧澎湃。黑絨上衣、白百摺短裙的樂儀隊學姊英氣挺拔且美麗大方，活潑俏皮的旗隊學姊則是祕密武器，國內第一支且首度亮相，她們共同演出，隊形變化，每一次都完美。透過啦啦隊伍行列間隙，瞥見飛舞的百摺裙擺下潔白瑩瑩，心頭一緊，我更加奮力高舉彩球揮舞，只差煽情流淚，教官也不禁微笑。青春無敵。

不能忘記的幸福時刻來自學姊家政課後的分享。開學第一週來認的直屬學姊，照拂關懷溫柔溫暖，每逢考試、節日一定出現小卡片與小禮物，烹飪課還送成品來。當學姊們捧著熱騰騰的蛋黃酥陸續出現門口，空氣充滿香甜氣味，教室內心思浮動，同學三兩聚集笑談聲此起彼落，盡是咬著酥皮豆沙餡的滿足神情。記憶中自己的家政課從縫紉開始，學習各式針法。好友幼幼手巧，毛線課裡進階編織背心給弟弟穿，下課常追著老師問。

怎能忘記幼幼，我高中最要好的同學。中等美女，性格開朗直率卻被全班排擠，原因記不真切，是件小事吧。她一頭燙過的捲髮裝飾大紅絨布髮箍，在一切都有規定的年代，特別著眼，總在校門口被糾察攔住，她卻也不怕，只在教官面前拿下。

一回，幼幼拉我到校園角落，拿出男友的相片，不是一張兩張，而是兩大本。印象中俊帥非常，好像那時八點檔《金色時光》的男主角于寒。當時的我是胖胖，架著膠框眼鏡，一心只想讀書，「公館」、「小豆苗」仿若天堂，對於可以讓男生在門口站崗的同學有好奇也有羨慕。我常想幼幼為什麼有男朋友，而我沒有……她輕描淡寫地說前幾天分手了，歸還禮物，包括相本，但他又送回來，希望復合等等。我詢問分手原因，幼幼說他提出過份的要求，我懵懵懂懂，不知如何接話……

有天，她說：「你不是我最好的朋友。」我呆住了，心裡飛快地想：「我，也被全班同學排擠了，本來有機會成為一輩子好友的惠迫於壓力儘量避免和我說話，雖然我孤僻慣了，雖然我不在乎，可是、可是……」，她眨眨眼笑了，要我去看《你不是我最好的朋友》：「朋友吵吵鬧鬧，朋友來來去去，恆久的朋友從不冠上最好」。我大概懂得，卻覺得悵然若失。之後，我買了也反覆讀了，嚮往安安、霓霓之間無話不談的友誼和豐富有趣的生活，也以為自己與幼幼會同樣精彩。

高二入冬不久，文采斑斕的國文小老師請一段長假。導師在講臺上語重心長卻語焉不詳，同學之間耳語隱微。我與小老師不熟不曾說話，但放學後在光華商場見過一次。地下室燈光幽暗暈黃，少少幾間遊戲卡帶店敞亮，店前她全神貫注直盯電玩螢幕，白衣黑裙在一群高中職男生間無比顯眼。像窺見什麼祕密似的，我疾疾走進舊書鋪堆疊與紙頁霉塵氣味中，比價瓊瑤小說，順帶買回記憶祕法之類的書，隔了幾天才說「我在電玩店看見你喔！」她臉頰微微發紅笑了笑……座位空缺好幾星期，請假原因真切不真切裡我有明星高中生的感同身受，課業再難得心應手、排名難能前茅、同儕競爭激烈，寂寞沮喪。

讀了高中，開始學習挫敗。

冬雨冷冷直落，浸溼的白襪黑皮鞋在長廊上彷彿唧筒噗啦噗啦，一步一聲響。青春抑鬱，如影隨形。

十二月裡小老師多了幾道傷回來，一切彷彿未曾發生，她促狹的笑容依舊，一貫嘲弄的口吻聽來親切安心。

補習班裡，鄰座建中男生一樣看我的數學小考答案，是核對還是對照？我的排名依然，進不了前。

升上逸仙樓，距離聯考更近。晚間留校自習前，穿越建國高架下的馬路，另一邊有幾家食店。我最常彎進「凱樂麵包」，和其他學生擁擁擠擠逛完一圈，夾一個菠蘿或紅豆，偶爾帶兩罐養樂多，一罐給幼幼。拎回麵包，倚坐走廊靠窗的置物櫃上，慢慢嚼著，透過木作窗櫺望向長安東路車河流麗，走廊的鞋音與交談聲刻意壓低，幼幼走來打開櫃子拿包「味味麵」問我換「素食麵」。整棟樓負載考生，整排教室燈火通明，我什麼也不想，靜默本份的回到座位翻開課本。

九點鐘自習結束，校門口已等著幾位高中男生，各自引頸期盼。行經他們身旁，有那麼幾秒鐘羨慕有人護送，念頭隨起即散，無意而使距離遙遠，如同公館的小豆苗、西門町的冰宮。提起一口氣，我邁開步子奔跑，沿著建國北路跑過一片黑漆漆的低矮平房、廢棄屋舍與蔓長野草，燈柱昏黃光線下，影子縮短又拉長，便當盒裡湯匙規律地敲擊作響，一路無人直至八德路 57 公車站牌。

學號 80043，高一仁班到高三智班，少女的低鬱浪漫與聯考的約束，三年轉瞬，歲月悄然無聲……那年校慶大隊接力最後一棒即將抵達終點，小嘉和我手牽手擠踏奔過操場，口中忽然濺進一點點東西，陌生的溼軟青腥，還未細想即混融了口水，喉頭渣滓細細……大概是帶著草屑的泥土，之後再也不曾嘗過。

《台灣光華雜誌》2016 年 3 月第 41 卷第 3 期

地震！

它和陣雨一樣來自遠方。悶沉的轟隆隆聲響逐漸逼近的時候，我會繃緊神經，豎耳分辨，是雨，還是震。

對於地震，我的恐懼無以名狀。非常害怕，所以非常敏銳。

如果在家裡，一定大叫「地震！」然後停止手邊的事，飛也似地打開鐵門，再鑽進餐桌底下，呼叫家人一起避難，口中還不忘佛號，祈禱一切趕緊過去。

九二一那次著實可怕，被上下震動驚醒，一氣呵成跳下床、開鐵門、躲好，心裡七上八下的。地震好不容易停下來，家人回床繼續睡，可我就是不安，打開廣播等待消息，同時聽到外頭消防車一輛輛經過並且停在不遠處的聲音。清晨才知道鐵路旁的東星大樓塌了，那兒離家約十分鐘路程。

我極度恐懼。

遵照電視教的方法，準備全家人的逃難包和食物飲水，放在門邊。臨睡前還去客廳拿來大靠墊，分配在各人床邊，萬一的時候可以護住頭部。放在門邊的兩個大登山包，漸漸被家人覺得占位置，我只好白天搬進房間，夜裡再搬出去。也在餘震頻繁的時候，催眠自己「只是頭暈只是頭暈而已」，不論坐在椅上還是躺在床上，都儘量隨著地震微微擺動，忽略天搖地晃的感受。妹妹看我為了地震在家裡衝來衝去、忙東忙西，發話了：「如果我們都死了，只有你一個人活下來，那有什麼意思。」這倒也是，然而還是怕，還是在輕微搖晃的時候，跑去開鐵門。

細細思索害怕的原因，大概可以追溯至小學。當時週六還是週日中午，華視會播放長片，小孩通常要午睡，是不看的，可那天不知有什麼事，家人忙進忙出，我一個人在客廳，看著片名是《大地震》的黑白片：強烈的地震，坍塌裸露出鋼筋的建築和一地散落的器物，行人四處奔逃，汽車摔落斷橋，高樓攔腰折斷，辦公大廈裡頭的人全搶著走樓梯，但底下失火，擠在樓梯間，上下不得，可是建築物持續傾斜，持續傾斜，套裝男女便一個個從裂縫間「砰！」地掉到地面，一片支離破碎和哀嚎慘叫……這些畫面一直留在腦海，印象太深太深……節目分級制果然有道理，理當父母陪同觀賞。

現在地震，顧不得自己怕了，護住孩子要緊，可他不懂，睡得好香。

（2006/10）

大學校歌

早晨第一堂課與下午第一堂課前的十分鐘，新莊天主教學校的擴音器常會傳出樂聲，多是校歌和鋼琴演奏曲。陽光好的話，光線透過葉子灑落下來，一邊踏著斑駁樹影前行，一邊凝望綠葉掩映的天空，讓人仰臉閉眼彷彿行起光合作用，心靈受到滋養。不禁想起大學時期的另一座校園，大一的校歌合唱比賽。

合唱比賽，大一新鮮人是當然成員。試音之後，被分入高音部，練習時間多在中午，趁此機會認識了不少隔壁班同學和學長姊。帶練的蓉學姊聲音好聽不說，還是學會幹部，熱情熱心，非常照顧我們，也對我們期望深切。練唱時間若要請假，總要掙扎萬分。而蓉學姊，後來和我考進同一所大學博士班，小我一屆，人生裡奇異難得的緣份。

那時學長姊要與他系搶借有鋼琴的場地，若借不到，則克難地在教室練習。常見到不大的場地裡，高、中、低音部的同學們成團各據一角，分部唱熟後再聚合練習。比賽當天，除了穿著向媽媽借來的白襯衫，繫上合唱團的黑色長裙，緊張興奮地在後臺等待外，其他統統不記得了。倒有印象應數系學生喜歡在比賽時搞笑，似乎成了傳統。

前幾年，新聞裡看見記者拿著校歌歌詞在校園中隨機測試學生，並請他們發表對歌詞的想法。被攔下的學弟妹幾乎不會，電視前見到這幕，血液沸騰，內心無法抑止的激動，「怎麼不會？」隨即高唱起來。而黨國意味濃厚的歌詞是現今所謂的不合時宜，卻又如何呢？對當時勤奮練習的我們一代在校生來說，這是共同記憶，並且標誌出時代痕跡。許多年過去，一點兒不覺得需要改正。如同金庸的武俠小說，作者更動了情節，但完全不想知道。那是我的歸屬，我的記憶才有落腳處。

大學畢業迄今十數年，光影斂散，人事分合，昔日燦爛年華難能忘卻。然而人生各有階段經歷，隨著校園裡學生的步履魚貫而行，聽見八點十分上課鐘響時，不免加快了步伐。晴天、雨天，我祈願如學子朝氣活力，也祈願每段年歲都能切實感受，即使無法閃亮，也能無負。

（2013/01）

《晚安，祝你好運》

《晚安，祝你好運》出 DVD 了，大概只有身在媒體或對媒體有興趣的人，才會去租。

在電影院看了，和其他八個人。分別是一對四十多歲的男女，一對手帕交，高中男生，大學男生，男性社會人士和一位看來就像是媒體工作者的女生（人這麼少，難怪片子迅速下檔，尤其碰到《達文西密碼》這種超級吸金強片，影城老闆恨不得所有廳院二十四小時全天放映吧）。

這是部黑白片，音樂好聽，主題嚴肅，講的是堅持正義，悍衛新聞自由。報章雜誌和網路上有許多相關的評論文章，不管我怎麼寫都了無新意。倒是在看電影時，腦海一直浮現大學時代編寫實習報紙的時光，可以寫寫。

《大學報》是新聞系的必修學分，一學期當編輯，一學期則是記者。

當編輯的時候，主編是位能力很強的緊張大師，每到交版時刻，她便幾近歇斯底里，相形之下，我們三個編輯非常穩健。一回，輪到做手貼版，顧名思義是不上機組版，用剪貼勞作的方式完成版面，從印表機輸出的稿子要先縮印 70％再貼，但不知哪個環節出錯，我們把稿子縮了兩次，格式完全錯誤，但沒人發現，貼得十分起勁。要完成的時候，她拿來別版做的對照，一看之下，臉色鐵青衝出編輯室，我們面面相覷，趕緊重做。主編在別版記者的安撫下回到編輯臺，親自動手幫忙，後來？當然是安全過關。也因為該主編的訓練，我們幾個三版編輯，練就泰山崩於前而不改其色的本事，呵呵呵。編輯工作大約十點結束，一夥人從傳院下山，浩浩蕩蕩地，伴隨星空，或者清風明月，感覺自己很偉大。

主編研究所畢業後進《天下》雜誌上班，非常優秀。當年我在報社編鄉土版和《天下》合作，兩人碰巧一塊兒到臺東出差騎腳踏車，有意思吧？

做記者的時候就糟得多，稿子寫得很爛，只能用不忍卒睹形容。一次奉命採訪春天吶喊演唱會，和主辦的外國人講沒幾句，問了如何維護參與學生安全之類的，大概是採訪技巧太差，被「我剛從外頭回來，很喘，很累」為由掛了電話。我一頭一臉的灰，沒完成任務，主編很無奈，只好上別的新聞。另外，還曾到輔仁的織品系畢展做問卷，誰料想得到，幾年之後，我成了輔大的一員。

真是太遙遠，許多事已經記不清了。

《晚安，祝你好運》裡有志同道合的夥伴，說說笑笑，坐在酒館等待天明各家報紙發派到零售攤的場景，教人神往。我想念的是當年，一群人為目標努力的情景，以及，沒有現實利害，一無所知的天真單純，失落而不會再有的，年少的自己。

（2006/07）

那些年，夏天和冬天

開演前，你問：「地板如何燃燒？」「熱情踩踏舞步，地板就好像燒起來了。」我看著你回答，而那些年的夏天和冬天，在日月潭邊的時光，不禁浮現眼前。

雨水充足的話，日月潭的夏天很美很美，湖水綠盈盈，閃著波光，天空不惜成本藍得徹底，坐在沒有冷氣的客運上，沿著湖邊公路蜿蜒行進，涼風混合了山的氣息，陽光透過枝葉灑下來，薄薄地印在肌膚上，身體從裡到外飽滿著芬多精，舒服愜意。

潭邊的青年活動中心 B1 是大禮堂，也是標準舞研習營的地點，19 歲冬天，我在此首度接觸各式舞步，同年夏天成為服務員，大學時代寒暑假裡最重要的事即為攜行李上山跳舞。

提早進駐的那幾天很忙，除了布置場地、勘察活動路線、再次確認所有流程之外，就是不斷排舞練習，歡迎會的開場舞、摩登與拉丁舞的表演、惜別會的香舞、手語表演、告別之舞、單獨與蔡老師的表演，再加上平日晨間時光要跳的、進階課程要教的、各舞科的基本步等等，兩天下來，腳已接近報廢。然而意識是清楚的，記憶力還有作用，可以知道自己在做什麼、記得已經做了的、還沒做的事，和一百多位夥伴抵達後六天的兵慌馬亂相較，這會兒的步調舒散心情悠閒。

當音樂流過廣場、巴士駛過轉角、夥伴們忙著下車排隊報到領名牌安置行李占好床位，一場與世隔絕的辛苦歡笑就要開始。

故事太長，很難說清楚……

即使當了好幾屆服務員，閉上眼想起的是當學員的時候，有著王子與公主相貌的服務員雙雙在〈One moment in time〉旋律裡翩然起舞的身影，那是倫巴，愛情之舞。陽光透過禮堂旁的落地窗斜斜的打進來，落在他們身上，像是鑲了一圈閃亮的光邊，旋轉時髮絲輕揚、衣裙飄然，曼妙蹁躚，難得的示範直至曲終。我屏氣凝神，以為浪漫不過如此。

後來，我會了 two 拍起跳，也有一起旋轉飛舞的同伴，再後來，也就過去了……那個下午，仍在心裡閃閃發亮。

（2006/04）

情義可感

松最教我記取的是，一年暑假到日月潭活動中心看我。

知道松要來，得空便去大廳看看。晚餐時分，仍然不見人影，心想大概是明天。就在去餐廳路上，竟看見他在福利社櫃檯前買東西，原來錯過環湖公車，走了來。一股熱流頓時湧進眼裡。

松一直強調沿途風景優美，空氣清新怡人，本就喜歡走路等等，但前回才有服務員走著來，抵達中心後的慘樣不忍卒睹。山裡天黑得早，路燈一盞也沒，隻身一人，不知身在何處的荒郊野外，路越走越長……我難過得掉淚。陪松在中心四處逛逛，安頓在服務員房間歇下，因晚上還有營隊活動、開會、練舞，只好讓他自己消磨時間。

十二點多，回到寢室，松在外頭小客廳看書，是《中國文學發展史》（不輕哪，真不懂帶這來做啥），難得一趟，顧不得他跋涉的累，到外頭廣場走走。

夜裡就是月光、蟲鳴和冷冽的空氣。散步在溶溶如水間，聊起大一金山宿營，松、璋和我整晚在海邊晃蕩，談天唱歌，等待日出。誰料想得到，幾年後我們會在山中看月亮。隔天早上松便離開了。

松是大學認識的第一個男生，在四維堂旁的風雨走廊，因為一起下山，因為名字簡單好記。他多情易感，真心實意，常受傷害。

多雨的木柵，松總打著黑傘，漫步校園或長堤。

同樂會曾重現松與同學的經典對話：

某：「山上下雨起霧了。」

松：「不是霧，是『嵐』。」

就暑假了呢，今年雨多，該去日月潭看看。

（2006/6）

怎麼沒有遇見你？

「怎麼沒有遇見你？」

不清場的二輪戲院。

拉胚的經典畫面，和所有觀眾黑漆漆裡〈Unchained melody〉的屏氣凝神，感覺浪漫與情慾升揚波濤（往後不經意轉臺看見周星馳張曼玉山寨版，總會激起一兩聲笑）。

對於"Oh Captain! My Captain!"覺得刻意，幹嘛非得站上桌子（現在心悅誠服），"Seize the day!"照片中老靈魂說話了：及時行樂。「哪有這款老師？」我們各自喃喃。夜裡一群少年心意相通溜出宿舍，穿著大衣的背影漸漸隱沒幽黑的林地，恣情任性。因此各自一秒有了輕狂念想。而雪夜舉槍的段落，各自預感悲傷，擁著降溫冰涼的心。

在修女〈I will follow him〉片尾曲響起時，穿行狹窄的座位區間，踩過地上的紙袋竹籤塑膠包裝，以及我的紅布鞋。

看完來自未來拯救人類世界未來救星的終結者阿諾發達的肌肉，若非產生練就六塊肌的豪情壯志，便是貶抑地聯想：「剛出爐抹了鏡面果膠的山形麵包」。身心靈飽受折磨後起身，座椅即被一旁站立覬覦已久的人搶占。是我。

兩大俊美男星臉色青白唇色鮮紅牙齒尖利，拚搏演技，戲外火藥味十足。劇中吸血鬼母女處以日光照射極刑，身軀片片剝離，魂消魄散。灰飛煙滅的時候，瞥見鄰座男子轉頭低語，約莫安慰女友，然而銀幕光線籠罩下，微微露出的齒，冷光白森森的……也是駭人。許是你。鬼魅陰影糾纏數日，無所不在，呼之欲來。而後腦中吸血鬼形象根深蒂固，絕非《暮光之城》那種。

對妻子深情的男人永遠能敲開另一顆芳心。西雅圖夜半廣播，輾轉尋去，千里相守的奇妙緣份。「如果我死了，你會再娶嗎？」傻女孩的傻問題。

《侏羅紀公園》水杯表面震動一圈圈波紋，跟大白鯊將至的兩個音階配樂異曲同工。吉普車旁可愛嬌小的雙脊龍，頸邊怒的張傘吐出毒液，有恐怖片的撞擊效果，驚嚇絕非一點點而已。「生命會自己找出路」一句偶爾在困境時冒出來，可以自我寬慰奮起，也可以自棄任由洪潮流過。

思緒隨飄飛的白色羽毛落入禮盒，揣想阿甘的巧克力有哪些口味……暗自埋怨空氣浮動油燥與滷汁，前後左右淨是扯開零食包裝、大嚼雞排的聲響。不過，心中氛圍比巧克力蜜甜。你雙瞳飽含情感握住身邊的手，準備一直牽下去，一往無悔。而我也是，以為是。

被笑聲「轟！」的襲擊，摩登大聖的小狗正咬著綠面具河裡游水，滿座笑得最響亮的，原來是你。

愛因斯坦為姪女擇偶，看重的是「誠懇」、「對生命熱情」，世上最聰明的人不在乎聰明……我笑了。艾德受試，好在技術取勝，頭腦不靈光，手得靈光。遇見兩者兼備的傢伙的機率有多少？幸運如我。

綿延起伏的雲端丘陵，葡萄園綠意盎然，踩踏的果香噴薄而出，浪漫四散濺溢A廳牆壁地板。

滿眼的基努李維。沒想過搭車能撿到真愛，沒意識到破碎後再開始，沒料到的還有片名成了腿部舒緩霜……日後每擦一次都是畫面。

而當《費加洛婚禮》〈微風之歌〉迴盪鯊堡，銀幕裡人犯全被定住似的不動，銀幕外愛好音樂的心上人與莫札特交流，領略精神的更高層次時，你我不約而同心蕩神馳於身邊那雙迷離的眼神……。「刺激」不見得要反應，沉住氣夠聰明，總會走到開闊的境地。如同最後，安迪修整船隻，擁有的是一整片海洋。

脫去潛水裝備的阿諾在〈Por Una Cabeza〉裡擺起英式探戈，Jamie Lee Curtis 的性感舞姿精采無比。也想做特務……。高潮不斷，目不轉睛，納悶主角被俘虜注射藥物，威逼吐露實話，短暫迷濛過後隨即炯炯，且神準結果敵人，「天賦異稟還是意志力戰勝一切？」我心裡問；你心裡想：「演戲！」

以拌嘴做為逃脫技巧的警探搭檔，街頭飛車追逐罪犯、證物，被挖空的屍體一具具自救護車滾跌掉落，馬路公然堆疊陳列，驚悚的黑色幽默。相距前後幾排的某雙手，微微搓揉大姆指無名指想像著，以戀人無法企及的方式撫觸一寸寸紋理。

匆匆從入口進來，適應稀微光線且留意腳邊。《獅子王》吶喊的開場磅礡，氣勢萬千，才抬眼望向非洲草原初升的太陽，腳下略略一頓，差點被走道上的舞鞋舞衣提袋絆倒……「對不起對不起！」「沒關係。」對著彼此隱約模糊的臉孔。即使片子反覆播放 N 遍，損傷剪掉多少細微片段，所謂音響只是喇叭很大聲。散場先後步出戲院，哼唱的都是“Hakuna Matata!”

許多晴天、雨天。

許多假日。

許多兩部為單位的場次。

還有許多，銀幕裡別人的人生，從前視為虛幻，現在明白的真實。

重疊在場過場，進場散場，交會在娛樂消遣之餘旋起即落的輕巧美好、輕微憂傷，或是幾道深重的刻痕。

近了……遠了……不近，不遠，各自流散曲折，攪著扭著，持續累積昨日成為回憶。

人生也許有《向左走向右走》的遭遇，有聲嘶力竭大喊784533、763092的記取認定，焦灼甜蜜。然而，更多是生活在同一個城市，永無機會相識的命運。

鳶飛魚潛，光影的聚斂消散，季候的繁華斑駁。千山萬水飛越來抵面前，曾經過的環環相扣，最終都將成為好事。

「有吧，我想。」

（2011/10）

就是要看《新月格格》

好吧，我承認，最近等著《新月格格》播出，等啊等的，兩個星期過去，原要放棄了，今天，就這麼巧，看到第一集。

這部戲，年代久遠吶，曾在各頻道重播幾次，可好多年過去，我就是不知道開頭和結尾，總自中段切入，看努達海與新月間的忘年之愛、難以自處的元配雁姬，以及一家子裡頭的男人全愛著新月，女人都厭惡她的情節，人人堅貞得匪夷所思，深情到令人髮指的地步，哦，不，不是，是無怨無悔……因為沒看到結局，有些悵然若失，也就記掛著。

當然不是件大事。

記得最早看的一部瓊瑤劇是華視《幾度夕陽紅》，媽媽準時觀賞，邊看邊哭，我有一集沒一集的，其中最喜歡的是趙永馨飾演的第二代女主角曉彤，那派冰清玉潔，溫柔又勇敢的模樣，讓我暗自決定，以後若有機會改名，一定要帶個「彤」字。

然後高中去到光華商場買了好幾本瓊瑤小說，夢想像女主角一樣美麗，便能遇見英俊挺拔的有錢少爺，過幸福的日子。

知道瓊瑤小說可以成為研究主題是大學的事，同學書架上那本《解讀瓊瑤愛情王國》讓我不敢小覷言情的世界。

碩班時，買來瓊瑤的第一本小說《窗外》，寫了篇關於「原型批評」的報告，雖然不怎麼喜歡這本，但卻是最熟的，也是首次和瓊瑤較為嚴肅的接觸。

現在，應該毫無關聯才是，可翻查資料，發現李昂孤身在美國求學時，常躲在圖書館角落閱讀瓊瑤，隨劇情痛哭流涕，紓解繁重的課業壓力。既然堅毅撒潑如李昂都曾沉浸瓊瑤，那我更有理由收看《新月格格》了吧。呵呵呵。

（2007/01）

陳映真：「因為我們相信，我們希望，我們愛……」

想起與陳映真見面的時候。

冬日上午，難得的陽光，我走進出版社所在的公寓，迎面一股陰涼的氣息。爬上五樓，在數道鐵門中，找到正確的一扇。裡頭彎彎曲曲的，經過許多小門之後，再向上爬一層，才是陳映真的辦公室。陳設非常簡單，幾近簡陋，他就著一張大桌子辦公，周圍滿是書籍。

見我來了，陳映真放下手邊的事，起身拿玻璃杯，盛點兒茶葉沖熱水。我站在一旁看他張羅，榮幸又緊張。大師幫我泡茶……有暈眩的感覺。

陳映真非常健談，採訪大約一個多小時結束。

過了幾個月，論文完成，附錄著採訪內容。考慮許久，決定寄一本到《人間》出版社去。竟收到陳映真的回信，黑色的筆跡有點潦草。

依潔同學：

謝謝你寄來的論文與賀卡。也祝賀你順利通過了碩士論文。

看來《人間》對一代代青年有不同、多樣的啟發。《人間》的業績，是許多當年與你一樣年輕的朋友，為了深信人應該像人那樣地生活的這麼一個夢想，努力工作的結果。

我祝福你也懷抱著某種夢想，虔誠認真地生活和學習。祝進步。

陳映真 12/6，2000

（出版社廢紙多，請原諒我用來當信紙）

真是不能形容的欣喜與感動。

方才，重新溫習論文附錄裡陳映真的談話，知識份子的理想與熱情依舊熊熊……且期盼一切安好。

（2006/10）

香水

看了影片《香水》，陰翳低調，配樂美得教人心碎。原著改編的電影向來批評多於讚美，共同點是都聞不到氣味。那種提煉自少女體香，心蕩神馳的香味，平凡如我無法想像，走出戲院，想望著香水。

關於香水最早的記憶是 Posion，深紫色近似南瓜的瓶身，透明的塞蓋，是買給媽媽的禮物。那家店開在十字路口的天橋下，小小三層玻璃櫥櫃擺滿各式香水，最上層的最玲瓏，價格平易，適合高中生。我貼近玻璃對著滿目琳瑯，上看側看的，問老闆要了同學 M 推薦的 Posion，失望於不起眼的瓶。後來持續光顧，毫無概念的情況下，完全取決外形，媽媽喜歡綠色，瓶蓋為翠綠葉片的「清秀佳人」，雀屏中選。隔年，換妹妹去，買了蓋子是朵花的香水，同樣送給媽媽。後來還有 LANCÔME 的「璀璨」，造型一層層像寶塔，Dior 的「甜蜜生命」，瓶身晶光閃爍有如寶石，統統放在梳妝臺上好一陣子。我們買的是美麗的瓶子。

而爸爸從美國帶回 NINA RICH 的「比翼雙飛」，蓋子上頭白鴿展翅相依，她的香味才是母親最愛。

我曾為自己買香水，從 Dior 的 Dune 開始，毫不吝惜地塗抹，情人戲稱為西瓜香水，因為氣味接近。漸漸疏離的時候，他說，路上與人擦肩聞見，不自覺興起踹人的衝動，便停下話來不再解釋，猜是突如其來被味道威逼著，毫無選擇地想起從前。之後，隨著不同的年紀和心情買了 LANCÔME 的「Poême」、D&G「真性女香」，在情感濃蜜時買過對香，著迷於男香的莽原氣息。而朋友送的 GIVENCHY「Fleur d'interdit」、Hermès「24, Faubourg」，各有擅場，至於瑪麗蓮夢露的睡衣，絕對不能缺席的經典 CHANEL No.5 則是媽媽給的。

然而聽說香水連累可愛、稀有生物，還會致癌，瓶瓶罐罐於是擺著生灰。可冬天適合用香水包裡自己，打開 Tommy 的「summer cologne」，包裝盒上頭的棕櫚樹和沙灘躺椅，藍、紅、橘色彩漸層的瓶身，心緒剎時飛至夏日海灘，聽浪濤喝雞尾酒的悠閒舒散。沐浴在夏天的氣息裡，可以避開那種適宜年輕的甜膩。

手邊收到的香水禮物，Miss Dior Chérie，主打美食花香調，散發野莓、綠甜橙、草莓冰沙和焦糖爆米花，非常甜美，非常青春，噴灑一番，懷疑自己會變成甜食。當珍珠奶綠已經不再能讓我開心，或許可以透過朋友的情誼，讓我振作。

（2001/07）

窗邊

有了孩子之後，店裡難得坐窗邊。交通工具也是，公車、捷運、火車，甚至飛機靠窗都留給寶貝。被疼著的時候，這些都是我的位置。不過，當然更願意親愛的你在內側，看見變幻流動的世界，彩虹光影花葉，樓房和行人，晴天、雨天。

推開玻璃門，迎來氣味熟悉。每間咖啡館的氣味或多或少不同，有的攙雜烘烤糕餅的奶香，有的一旁焙豆一邊現磨，濃郁焦香噴薄而出，醺人欲醉，有的是麵飯的油滷或切開一隻鳳梨的果甜，有的則不是咖啡味，而是地毯浮起的潮溼發霉。這間的味道像天母星巴克，連鎖咖啡店開設的第一家，引人墜入越來越清晰的從前，是夏末穿著短袖的時候，被領著去。

在咖啡還未普及流行的城國，我們騎乘好不容易抵達。擁擠在窗邊的木椅上，你說美國巡迴表演時，和朋友朝聖頗感新鮮。我們吃起自帶餅乾，店員溫和勸阻禁用外食，「然而美國可以」你平靜地分辯。沒關係，收起來不然就快快吃光，之後拿出沖洗的照片。

團員一色黑西裝，只有你的是父親穿不下的咖啡色，沒新做，因著私校學費貴。當時不懂，提款卡裡明明數額不少。就像結帳櫃檯前，掏出皮夾的速度彷彿天線寶寶，我的紙鈔顯得性急，老是先被收走，找零時，才看見你的小黑真皮姍姍來遲。不懂這速度是自然，還是造作。

那也是我買的，省儉著許久的零用錢。裡頭放了照片。你的告白不是「我就是要做你男友」的直截熱烈，而是淡淡一句「我把她的照片拿起來了」，同時打開皮夾亮出空空的透明證件層。之前放的是未曾相識謀面的學姊，喜愛水晶杯的學姊。走過重考的相互支持，她不再喜歡了。喜歡……究竟走去哪裡？迷路了嗎？什麼時候？

《萬曆十五年》預示明朝的崩壞，而我的人生究竟什麼時候走岔了路？是哪一件事哪個時刻？是你的家族命運，女孩兒無法活過入學；是我的八字命盤，越專注越想要越無法得到？擺脫按照戀愛教戰手冊戀愛的，落入另一樁連續劇似的煽情戲碼。

母親的疑問，「為什麼你不能像駱以軍？」好問題，如同質問 MARCH 為什麼不能變成凱迪拉克？輕聲細語或疾言厲色，感受沒有分別，真相只有一個。舞文弄墨的黃金時代過去很久了，取消科舉後更是澈底結束。無言啊，我娘，您看不出孩兒不才嗎？

上帝關了一道門，必然開啟一扇窗。關門開窗或關窗開門。沒路走的時候可以跳窗，直走不能的話就側翻。沒窗簷滴落雨珠，打開門也有涼風。都是安頓身心，沒信仰的便稱信念。

雨勢越發盛大，半邀半迫把人拉進傘下。一同躲雨，微渺的善意，「不用交談的，不會尷尬」心想。然而收起了傘卻開啟了話題，不喜歡陌生人問東問西，也不喜歡不喜歡的人東問西問。

小惡魔說：能不能走遠點，不要自以為懂我，也不要再模仿我。

小天使說：人生難得這種朋友，好好感恩珍惜啊。

努力過後還是無法讓你靠近，不想勉強了。就讓我孤單到老吧。

二樓木造窗檯旁，五張單人沙發，撿其一坐下。外頭滂沱大雨，雙門 BMW 俐落迴轉，濺起的水花有廣告中慢動作晶亮飛旋的弧度。騎樓躲雨的男子，身影倒映在辦公大樓的玻璃帷幕。窺視樓下的動靜，神不知鬼不覺，有密謀犯案的條件。

俯視一朵朵傘花，底下有張記憶中的臉龐。「忙不忙？」隔著窗，樓上樓下的我們用嘴形無聲的溝通，放下做不完的病理檢驗，你偷溜一個午後，赴場十八年前的約。學著鄉土劇演員的俗濫動作，誇張地順順頭髮。

小南（女）說，男人有兩種，一種不正經，但假裝正經；一種呆，但自以為風流倜儻，對女人很有辦法。

小元（男）也說男人有兩種，一種想和你造愛，找到機會就上；另一種也想和你造愛，然知不可能，就正人君子模樣做朋友。

前一句笑過後深思細想，後一句則洗了腦令人瞠目結舌，原來是這樣啊，宛如聆聽大師開示。那麼，坐在面前的是哪一種？

攪亂生活只需要手指，專家說，臉書。被攪亂得很亂哪，你說。較不缺乏的進可攻退可守，脫身無虞，保全所有，回歸正常生活。等待下回曖昧的朋友。

用 58 歲的心境過 38 歲的活。學生說，28 歲很難當，然而到了這年紀也很難，步步艱難。有時甚至覺得往後再無輕鬆了。課堂上不笑的話，我怕會哭。

（2012/02）

為人作嫁

等待的空檔在書店閒逛，目光被《退稿信》吸引。編輯寫的退稿理由很有意思。

邊讀邊笑。

這些退稿信，文筆流暢不說，風格各異：挖苦嘲諷，尖酸刻薄，幽默風趣，一針見血，或是憐憫、戲謔，不可否認，充滿創意，教人佩服。若非對文字、對書本有深刻感情，哪裡寫得出來。

我不為被退稿的作者感覺心酸或悲哀，畢竟這些退件的稿子後來出書了，他們成為大師，是後人追隨的典範。

該同情的是編輯，尤其備受冷落忽視的小編。

老師說，第一等人創作，第二等人評論。那編輯呢？講這句話的人鐵定沒想過編輯對第一等人的重要性。

簡媜在〈一個編輯勞工的苦水經〉說了，「作家跟編輯的關係既是親家又是冤家。靈異派的說法是，這輩子幹編輯的都是前世『焚書坑儒』、與『文字獄』的；作家嘛，皆是被坑之儒、下獄之士，一口冤氣還沒散。兩派人馬於今生遇合，冤頭債主，坐下來好好的算個清楚。可不是，哪個編輯不手癢，心裡嘀咕：『字寫得跟天女散花似的，錯字一大堆，前後文不統一，文章寫得這麼爛，還要我伺候！』實在按捺不住，紅筆一揮，改起文章來了。」

呵呵，一點兒也沒錯，永垂不朽的堂皇巨著，若非曾經才華洋溢、懷抱偉大夢想、之後淪為「多功能處理機」的編輯，如何出版亮相？

也當過編輯。

刊登高年級小朋友文稿的版面，就我一人負責。每天從各地寄來的稿件至少一百篇，還不包括書法、圖畫和徵文活動。必須確實「今日事今日畢」，不然，隔天又是一百份。曾因文學獎耽擱兩三天沒處理，那些稿子喔，從抽屜滿出來，蔓延桌面、地上，淹沒於稿海裡的感覺很可怕。腳邊就是紙箱，邊看邊丟，附回郵的先決定是否採用（不然家長、小朋友或老師三天兩頭打電話問），接著改稿，發打，校對後再改，發版，與美編溝通（好聽是協調，難聽是口角，通常是懇請拜託），降版……反正就是瑣碎的事。

編輯手上當然好幾個版，性質不同，處理方式也不同，邀稿或催稿都得聯絡作者，要配圖的，得找插畫家或催，其他像傳真、開稿費、寄報給作者、寄獎品給優勝者、接聽抱怨電話……還是一堆瑣碎。當然，絕沒忘偷空和旁邊的編輯一起數落爛作者、爛作品，哀怨為人作嫁裳，苦中作樂。

如果遇到節慶、寒暑假、兒童文學獎、專案，那又是另番光景。

嘿……我漏了寫信給作者的部分。好幾個學生常投稿，文情並茂，不能老是見報，只好退回去，次數多得我不好意思，所以寫信勉勵，不外乎寫得很好，為了讓更多小朋友發表作品，沒辦法常常刊登，繼續加油之類……有點可惜，用手寫的沒留底稿，不然也是「退稿信」。我猜想，他們收到應該很開心吧，《國語日報》主編寄來的耶，如果是我，一定裱起來，並且立志成為作家，呵呵呵。

印象中，有個國小學生寄來厚厚一疊小說，武俠題材，希望連載，嘩！翻了幾頁，看不下去，在各版轉來轉去，沒主編要收，之後和廢紙躺在一塊兒。

這種處理方式，當然有遺珠，但是，布袋裡的錐子一定會露出來，有才情的人不會被埋沒，我為自己開脫，不知其他的編輯是否如此。

該結尾了。

說致敬太矯情，那，鼓鼓掌吧，為這些精采逗趣的退稿信，也為勞苦功高的編輯。

（2006/06）

採訪啊，還滿好玩的

常有人問「採訪好玩嗎？」「好玩。」我總這樣回答，再視交情或心情決定之後的答案有多長。

其實，我的採訪經驗不多，稿子也沒多少，根本沒資格高談闊論，不過，可以確定的是：和不同的人接觸很有意思，知道他們努力的經過，也真的有趣。

緣於先前同事牽線，有機會見到一些傑出校友，多半是董事長總經理，學者、系主任，也不乏政府官員。這些事業有成的人，統統非常忙碌。有的會排開其他事務，專心一致地陳述自己；有的則同步進行，接電話、簽文外加見訪客，人們往來穿梭，熱鬧滾滾。因為有一層「校友」的關係，他們對於我的拜訪，沒有絲毫不耐，若不是親切叫聲「學妹」，便是客氣的稱呼劉小姐，有時還會家常一下，幾乎沒有架子，願意說真話。而提到校園生活，個個眉飛色舞，即使疲倦於繁雜的工作、會議，披垂著臉部線條，此刻也會露出笑容。多數時候，我只需發問，凝神細聽，在筆記本上記錄，有時對對話，或根據回應再發問，觀察受訪者、辦公室擺設、公司氣氛等等，沒攝影記者的話就拍拍照，都是些基本功。

因為同校出身，多半熱絡，僅一次遇到惜字如金的學長，我挖空心思引他說話，事前搜集的資料、問題全都丟出來，依舊沒能打動他，筆記本只寫了寥寥幾頁，心裡想著「這樣哪寫得到三千字啊？」對於自己問不出問題，暗自生氣「真不專業」，很是挫折。

從報社接來的採訪，挑戰性較高，更為有趣。

印象最深的是劉軒，好多年前了。非常有氣質、非常有教養的男子，也可能因為年歲相近，談話過程輕鬆愉快。採訪將近尾聲，他問起我的英文名，簽了本新書送我，離去時重重一握手，教人難忘。

採訪某立委也可記上一筆，的確長了見識，卻不太舒服。

接著是寫稿。

如果是有故事的人，對話也精彩，素材多，稿子自然好寫。如果都不是，那就慘了，回家路上頭大著該如何下筆。

對我而言，最麻煩的是「沒感覺」。如果沒感覺就寫不好或寫不出來，補救方法是長時間醞釀。我翻閱筆記，努力對那位受訪者產生感覺，慢慢斟酌字句，如果截稿迫在眉睫，便要覺得抱歉，因那人會被寫得很差。

看著從前的稿子，大都不滿意，有些甚至覺得很糟，然此刻不知要為自己的進步開心，還是為寫壞那人感覺難過。

那些受訪對象終究不會滿意，因人生還在繼續，還有許多未知的精彩，筆端哪描繪得出萬一。

這不禁讓我想起大學時代的直屬學姊，宜文，她曾為柏楊寫了篇〈穿越地獄，吟詠聖樂〉千字左右的文章，文章雖短，卻如實道出柏楊的血淚與靈魂。大概從沒人絲絲入扣寫進他心裡，柏楊滿意開心極了，直想請學姊吃飯。描寫人物理當如此。

我以為有機會和這些各有所成的人談話，聽取他們行經的人生路途，能夠拓展眼界，獲得經驗，驅策自己勤勉向上，是件幸運的事。

（2006/11）

坎坷中上臺

幾年前，剛考上博士班，一心想要兼課，沒經驗加上沒有講師證，在北部找不到教職，彰化一間技術學院有缺額，通過面試後，我每星期一次，從松山到彰化，開始了教書的工作。

第一次教大學生，非常惶恐。下午是二專的課，十七八歲的大孩子，完全是學生的模樣，純樸可愛。剛入學的他們和初上臺的我，都有些剛到陌生環境的緊張，但一股初生之犢不畏虎的氣勢，使我順利撐完三節課。晚上還有進修部的課，「他們的年紀比較大，白天上班，有社會經驗，也比較成熟」，我這樣告訴自己，「即使在社會經驗、人生歷練方面比不上他們，但我有我的專業，沒什麼好怕的，要有信心！」我為自己打氣。晚上的學生大都是社會人士，為了各種原因回到校園念書，因為白天上班很累，夜間讀書難免打瞌睡，我準備好笑話，連講到課文哪句可以講哪個笑話都用紅筆標示出來，有了充分準備，自然信心滿滿。

趁傍晚空檔先去找教室，以免頭一次上課遲到，讓學生印象不好。「哇！教室好大！」我猜想晚上的學生一定很多，要用到有三個門的大教室。六點三十分鐘響，等電梯上樓，來到方才的教室，發現學生們站在門外脫鞋，一雙雙整整齊齊擺在櫃子裡，我遲疑了一會兒，因為不想下課的時候和學生擠著拿鞋，決定拎著高跟鞋走到教室前方。一邊走在地毯上一邊想：這間學校好奇怪喔，為什麼把國文課排在電腦教室……學生鬧烘烘地，我不以為意，自顧自地把麥克風和擴音器戴好、放好，從包包裡拿出課本並且揚起聲音：「請把國文課本拿出來。」前幾排的學生頓時像被施了魔法般定住不動，以不可置信的眼神望著我：「老師……這堂是電腦課耶！」一股熱氣「轟」地衝上腦門，我只想以最快的速度離開，但前門是封死的，顧不得收拾，披掛著裝備，挾著課本，最糟的是還有鞋子，眾目睽睽之下，落荒而逃。

趕忙到一樓的辦公室，還好有工讀生值班，幫了大忙。依然是吵雜的教室，站在門口，深呼吸，慶幸沒耽擱太久，從身旁走過的學生……年紀實在有點大，好像阿伯，這和我做好的心理準備有點落差，不管了，硬著頭皮走進去。在發領課本，市集般混亂中，再度戴上麥克風和擴音器，才拿出課本放在講桌上，剛剛看到的阿伯學生就探頭過來說：「啊，老『蘇』，我們一年級的時候上過應用文，二年級還要上國文喔？」天啊，頭皮一陣發麻，又走錯教室了？慌亂中也只能求助工讀生，得到第二個教室號碼，飛也似地衝去。咦？好安靜，燈光明亮，座位上有包包，一切都很正常，除了，沒有學生……找了個位置坐下，心想這一定是整人節目，攝影機和學生等下就會從意想不到的角落跑出來大叫：「SURPRISE!」我撥撥頭髮、整整衣領，等著等著，三分鐘、五分鐘過去了，越想越不對勁，回想方才經過，不禁悲從中來：學生到底在哪裡？為什麼就是找不到？眼前沒別的選擇，只能再去拜託不可靠的工讀生，才走出教室，隔壁班便引起我的注意，滿滿的學生，卻靜寂無聲，而且而且，講臺沒人！探詢之後，沒錯，就是這裡，終於找到了！在五十雙眼睛的注視下，我力求從容優雅，走上講臺才發現背後早已被汗浸溼，涼颼颼地一片。

（2006/03）

旁聽生

曾經，有位學生，在自己班也是國文課的時間，坐在我的教室裡。

正說著《詩經》的愛情詩，他走進來，在教室後頭坐下。

下課，他禮貌的詢問旁聽會不會帶來困擾，「不會」，我答。

之後，每次上課都會看見他。

當時有些課程頗能與金庸小說相觸發，例如：莊子〈養生主〉庖丁解牛讓《書劍恩仇錄》陳家洛體悟新的武功招數。既講到莊子，不免提及〈逍遙遊〉、〈秋水〉兩篇與《天龍八部》逍遙派、段譽的凌波微步、神仙姊姊、李秋水的關係；陶淵明〈歸去來辭並序〉「登東皋以舒嘯」一句，讓我聯想《倚天屠龍記》張無忌上少林營救謝遜未果，一路長嘯下山，那亦正亦邪的嘯聲；或是更細，《詩經・野有死麕》的麕是獐子，可以談到張無忌和趙敏在山洞裡發現莫聲谷屍身，已被香獐噬咬不全等等。這些有的沒的，只想振奮夜裡讀書的男女青年，不可否認，也有「國文課沒那麼無聊」的意圖。

多數學生沒讀過金庸，當我連講帶比，十分起勁的時候，他們要不是「我了解你的用心」配合的微笑，不然便是「你在說什麼？」茫然的表情，不容易共鳴。可是這位旁聽生不同，他聽得入神。原來家學淵源，開道館教授武術，是練家子。

很可惜，從未見識他的身手。一個精瘦的漢子。呵。

後來從賀卡了解他對張無忌嘯聲的看法，還有善惡的分別，他寫著:「以屠良民則惡，以誅叛逆則善，區間何關於刃？辨之！」嚇！好樣的，若是行走江湖，想必為「路見不平，拔刀相助」，劫富濟貧，除暴安良，「白蘭花」之類的俠義人物。

結束那間學校的課程，也就沒他的消息了。

對老師來說，得意大概莫過於此：「有人旁聽我的課」。

（2006/05）

留言紀念

學生從後頭喚住我，將剛領的畢業紀念冊捧到面前，要我寫句話留念。怎麼？就要畢業了，時光催人。

他是轉學生，必須重修國文，通常坐在第二排，專注認真的眼神，在教室後頭傳來的嘈雜聲中，安撫我第一年站在講臺上惶恐不安的情緒，感覺很溫暖。

該如何留言呢？我知道應寫些「世界在你手中」之類激發熱血，讀後昂首闊步的字句，不然便要像陳幸蕙「我不祝你們一帆風順」用心良苦的勉勵，但一時之間，不知如何下筆，收下紀念冊，決定稍後再寫。

走進休息室，我拿起筆在紙上邊畫邊想。想起大學畢業，沒買紀念冊，覺得這麼厚重的一本，自己只占一小塊篇幅，實在沒必要，況且，已經有全班多數同學合拍的學士照，足以留念。還想到，對老師來說，學生來來去去，有了感情卻得分離，年年循環重複，不是件容易的事……也許，兼任的我，比學生更像過客。

思索一陣，寫道：

陽光正豔，青春盛好。

年輕，可以不必畏懼。

用勇氣和熱情開展生命的廣度與深度，繁華與美麗。

即使風雨，也要記得，前方不遠，蝴蝶飛舞。

其實可以濃縮成為：勇敢，堅持，永遠不放棄自己。

油墨浮在不吸水的紙上，我在書頁間小心翼翼夾上面紙，放回木盒，等待學生的同時，發覺這些話其實是寫給自己的，對自己的勉勵與祝福。

（2006/04）

讓講課的講課，讓該聽的聽

第一週上課，系祕和資源教室的老師等在教室外跟我說話，走進後看見你坐在孩子身邊，神情認真。聽到課堂中唯一能夠使用手機的時機笑了。那時候我不知道，笑臉之於你多麼難得。

第二週，課室中看見你，有點驚訝，以為只是開學週陪著，向任課老師打招呼而已。孩子雙手顫抖交來紙張，是上回我要的信箱帳號，你從位置站起來鞠躬。

第三週，下課時間，你問能不能進班一起上課，因為孩子手會抖，反應慢，常聽不清跟不上。你還告訴我，顧及上學路途遠，暑假打算舉家搬遷學校附近，房子看好了，訂金租金也付了，不過思前想後著實太貴，於是作罷，天天通車往返。課上，你多半認真聽講，有時提醒孩子筆記、畫重點，偶爾看看窗外。我每說一本書，每在黑板寫字，你便記在自己的本子上。

第四週，敲鐘後同學都走光了，孩子留下來問期中考方式與題型，你在旁陪著。提起先前高中生活與考試，再對照現在，你哭了。

大一生最感興趣的跑教室，對孩子而言是折磨;走路緩慢，上下樓梯費力。倚山傍水的校園，校舍建物高高低低，太不容易。校方老要你走開、別陪，卻沒人幫著看著，然而絲毫意外都會要去性命。孩子喜歡讀書上學，但權衡之下，這學期結束後便會放棄。說著，又紅了眼眶。

可是我束手無策，只能抱著你一起掉淚。瘦削的肩膀承受多少辛苦。提醒一旁呆立的孩子，他趕緊自背後雙手環抱你。

動作自然嫻熟，從小到大常常這樣安慰媽媽吧。

我想問問系祕和老師，但你說別說出去，不想讓人覺得是在抱怨。

能怎麼辦呢？我雙手緊握孩子手臂幫忙打氣，「讓我們開開心心過這半年，好好體會大學生活。」孩子懂事地點點頭。

每個人都受著苦著，誰也挽救不了誰的靈魂。能做的很少很少，就讓講課的講課，讓該聽的聽，讓我們多幾次眼神交會吧。

（2012/10）

接送情

（一）

赴外地兼課，首要克服交通問題。

最早是去彰化。到了車站，只能坐計程車去學校。人生地不熟的，有些怕。記得第一次，我雙眼平視前方，匆匆經過出口一群叫客的運匠，像是不搭車的旅客，然後隔著一段距離觀察他們，左看右瞧的，覺得身穿制服的義交可靠，上前談價。兼課的學校沿山而建，門口在平地，校舍全在山上，坐到校門的價錢是 120，到教學大樓要多 30，司機說爬坡耗油，差價是公定的。

上了車，擔心晚上從學校回車站。進修部的課九點半結束，而我必須趕九點四十九分的末班自強號回松山，如果錯過，隔天才有車回家。事先叫車是當務之急。向運匠黃先生問了車行電話，他提醒不一定有車，彰化不比臺北，這兒的人大都早早休息等等，當下福至心靈，立即拜託拜託，九點半一定停在校門口。講妥後，心稍微定了下來。

然後和進修部學生商量，中間不下課，好讓我九點二十分結束，收拾停當，並以跑百米的速度下山。當時帶的東西不少，除了課本、講義之外，還有水杯、麥克風、音箱和抵禦車上寒氣的大披肩，全裝在後背包，一路下山，鏘鎯作響……很像快跑的蝸牛。每一次，我都以為自己會滾下山。

後來，找到一位也是義交的施先生，固定坐他的車往返學校車站，再不必擔心夜宿彰化。

車進松山的時間通常在十二點二十分，我總能在出口看見戴著帽子的父親，除卻寒暑假的三十六個星期三，風雨無阻的。

（二）

在彰化教著教著，和學生漸漸熟稔，尤其進修部學生，年紀輕輕的十八九歲，但認真懂事，可能是出社會的關係。他們知道我要趕車，常提醒時間。

其中一人開車，講了幾次要送我，他說住鹿港，順路，省錢並且安全。不好意思老是拒絕。路上，他問明我沒逛過彰化，極力推薦八卦山風景區。可我南下北上匆匆忙忙，怎麼可能？聽了也就過了。

直到期中考當天，九點收齊考卷，步出教室，發現他在走廊，熱情地要載我去八卦山看看，理由是：「來彰化沒去八卦山，等於沒來過！」如此冠冕堂皇，教人不好拒絕。

夜裡，視線不佳，看得最清楚的是路燈，燈光籠罩之處，和打著燈的花圃。山路彎彎曲曲，繞上去繞下來，十分鐘不到，算是到此一遊。到了車站，他拎給我預先準備好的龍鬚糖、牛舌餅、鳳眼糕、一口酥等等在地名產，看著這些大包小包，心裡感動。

沒再去彰化，不是遠也不是累，而是排課因素。

那是所美麗的學校，有城市難得一見的大操場、林蔭大道、噴水池和石雕像，尤其傍晚，溫差形成的霧氣，校園裡一片白茫迷濛，映襯昏黃的路燈，十分浪漫。

另外，南北氣候差異大，臺北下雨涼意重，可彰化是太陽明晃晃的晴朗，一把傘在臺北擋雨，在彰化遮陽。每次都留意天氣預報，但相差十度的氣溫，實在不知該怎麼穿衣，一次發狠穿得少些，沒想到彰化也冷，接到媽媽關心的電話，我咬緊牙關說：「不會冷啊，這裡出大太陽！」

博一的時候，常有人問起去彰化兼課的理由，我老實答「北部找不到」，他們總回以狐疑的眼神。欸，考上之後，我主動寄出好幾份履歷，可惜都沒有回應。所以在報上看見彰化建國的徵人啟事，便抱著姑且一試的心情。而在彰化的學校會找住臺北的我去面試，是件有趣的事。

記得那天，媽媽陪我去，原以為很快結束，沒想到應徵者很多，還要和校長面談，早上去，晚上才到家。遠赴彰化兼課為了講師證，也為了經驗，雖然路途迢迢，人生地不熟的，但在爸爸的堅持和媽媽的鼓勵下，也就去了，「反正閒閒的，除了修課，也沒別的事。」爸爸這樣說。

每星期，爸爸都會先去畫位，通常是 3 車 38 號。星期三上午，媽媽也提前煮飯，盛好飯盒用保溫袋裝著，讓我在車上午餐，雖然有段時期的鐵路便當由新東陽承包，看起來特別教人垂涎。這段時期遭遇 SARS，搭車的人少很多，每人平均分配到四五個位子，但我仍堅持在列車長經過時，請他打開車窗流通空氣，也有固定會見到的人，每次停靠板橋，一個學生模樣的老師提著 Yamazaki 麵包上車，臺中下車，我猜想，她也在兼課。還有，回程時，旅客幾全在臺北站下車，空蕩蕩的車廂行駛在半夜的隧道裡，足以拍驚悚片，我輕唱著國歌國旗歌到松山，然後快步走向收票口。只是明顯感覺體力衰退。一開始，來回的車上讀讀書，接著變成只有去的時候，最後是來回都在昏睡……

就這樣，彰化的課程結束了。這段生澀卻充滿熱忱的時光，美好的教學體驗，善良熱情的學生，讓我往後在教書遇到挫折時，能夠笑笑，安慰自己，鼓起勇氣堅持下去。

（三）

第二年，近些，中壢。

沿後火車站前的馬路步行，約十五分鐘可以抵達學校。面試時，聽說這條路很熱鬧，夜裡兩點還有攤販做生意，因為是進修部的課，所以安心不少。原以為這一年又得搭火車上下課，沒想到，班上同學偉淑也在那兒兼課，還同時段。那時我們不熟，但她是如此熱情體貼，邀我坐她的車一塊兒去，因此，週四下午五點，我們從輔仁出發。

車程大約一個多小時，兩個女生東聊西講，教書、學業、同學、家庭、生活、瑣事等等無所不包，偉淑聰敏活潑，開心愛笑，一路上總是笑聲不斷。我從她那兒學到許多教學和生活經驗，也聽了不少班上發生的事，逐漸熟悉大夥兒，也被大夥兒熟悉。曾經講得忘我在高速公路上過頭，在中壢市區錯過路口，還好很快發現，趕得及上課鐘響。

種種原因，我們沒再去中壢兼課，期末最後一次坐車，有些難過不捨，雖然還會見面聊天，雖然友誼更厚更濃，雖然還是能夠把心事交給她，但就是有某種告別燦爛時光的難過不捨……

（2006/08）

還好，老師一直都在

教師節不放假已經好幾年，其實不只928，像是308、329、1025、1031、1112、1225，也都只紀念不放假了，顯然和修改集體記憶有關，逐漸抹去對於某些人事物的懷想……

趕在節前去看看老師。

碩班的歐陽老師對學生親切和藹，在入學考試當天的感受特別深。那天，兩間教室，兩關面試，第一關由主任主持，記得有三位老師，統統板著臉。第二關是歐陽老師和孫老師，他們滿面笑容，語調溫和，問了莊子吧，我盡可能地講，大概是答得不好，老師幫忙找理由說是非本科系畢業，接著問較簡單的孟荀人性論和其他問題，鈴響時間到，笑笑地請我離開，感覺非常客氣。

一年級便有老師的「治學方法」。東吳要求點書:《論語》、《孟子》、《大學》、《中庸》、《詩經》和《左傳》，同學沒事就拿隻紅筆在密密麻麻裡圈點，箋注的字體很小，眼睛幾乎都要黏在紙上，圈了也就交了，根本顧不得檢查，可是，歐陽老師在課堂上翻開每一本，把同學一個個找去，指出每個錯誤。好神奇。

印象最深刻的是，無論準備什麼口味的甜鹹點心，不嗜糕點的老師一律說喜歡。他總是愉快地吃完，讓我們高興。私下和老師談天，他關心我們的感情生活，提醒著多觀察多觀察。

畢業後，有時會查看課表，找個空等老師下課。在教室外頭聽見老師講課的聲音，感覺時光荏苒，當學生好幸福。

一回去老師家拜訪，粗心留下捷運卡，隔天傍晚便限時到了手上。

寄去年節賀卡，老師回信是滿滿的兩張。

懷孕時探望老師，老師幫忙叫車，目送我離開。

這些年，老師的身體差了，削瘦許多，幸好控制著飲食，高纖清淡少油，仍然神采奕奕。

我們邊用餐邊談天，老師關心著論文進度，分析著就業的優勢短處，他知道我要趕回新莊上課，一路陪我走到警衛亭，揮手作別，叮囑早早畢業。

老師多方提點，如此溫厚體貼的長者。

終於悠閒走上臨溪路，溪裡的魚少了，路旁的龍眼樹、蓮霧樹被拓寬的道路犧牲，門口警衛亭也換了位置，真是過去一段時日。在薄薄的陽光裡搭乘捷運穿越城市，臨窗的山景，想起從前趕車上課的日子，也不免揣想自己的下個十年，會落腳何處。

還好，老師一直都在，教人安心。

（2006/10）

南庄小旅行

下午抵達。

山谷環抱，遠方低垂的雲忽地散開，陽光透露，照亮邊緣三座紅白相間的，大約是電塔。

一會兒雲霧漸進補上。蟬鳴中傳來雷聲，近晚涼意越發濃重。每座山頭已是雨，山風吹來有溼潤的氣息。

二樓開放式咖啡座，五人分據三桌。雙親閱讀書報，父親何時看起《壹週刊》？相差二十歲的兩名新世代操作電子產品；落單的一個使用紙筆，閃避桌上超大型螞蟻，同時試圖挖掘埋藏太深不知是否存在的天份。

花徑裡兩隻瘦瘦的，剪影似的黑貓，好像宅急便裡的奇奇，步履輕盈。

讓人憂鬱胃痛的《末日酒店》，通篇幾乎逗號，敘事觀點不斷轉移。思緒一旦叉開，迷途分歧十萬八千里。顛覆向來以感性閱讀小說的經驗。評論最怕的，看不懂、讀不出隱晦的情思、作者的意涵。事近眼前，不管什麼作品脫離作者筆下自有生命，讀者擁有各自詮釋的權利。只想剖析再剖析；你意圖為何？究竟是何姿態？

聽見第一聲鳥叫，5：12，隨即數隻鳥雀齊鳴，蟬聲合唱。天微曦。醒了就捨不得睡，披件外衣起身散步。母親也是。兩人閒話，「山中無歲月」媽媽才說，便指著天上噴射機，「快拍！」路旁牽牛花差一分開至極盛，山稜邊的天色粉嫩，我揮去老拂上臉的蜘蛛絲，幫媽媽拍幾張照片。她難得答應，鏡頭裡的神情有些羞怯。巴掌小臉，細緻的五官，藏不了話的單純性格。

昨日搭乘客運，途經幼時租屋附近、菜場、常去玩的國小。媽媽興奮地指點，轉過身問我。身為長女，最早參與父母的生活，理所應當有最多記憶。是啊，我記得，住在農田中間兩層建築的二樓，廚房很大，從窗口望出去，可以看見田地邊的泥土石子路，父親走路上下班的身影。石子路盡頭連接大馬路，左邊有幾戶人家，一是機車行，一是鋼琴教室，或是家裡有架鋼琴。

當時讀小班，下樓右轉，沿著兩旁都是竹子的彎彎路走一段會到幼稚園。有次中午下課，家裡門沒開，我叫了媽媽好幾聲，沒應，害怕得哭了，引來一樓房東，帶我繞去後頭，看見媽媽在二樓陽臺餵妹妹吃飯。（向媽媽查證，她說房東出現前，我先去馬路邊的家具行問「有沒有看見媽媽？」「沒有。」再走回來。）

也是在這裡，我打翻冰箱一整鍋粉圓；小阿姨帶來一顆好大的紅蘋果；捉迷藏的時候，廚房門夾住妹妹，下巴縫了好幾針；搬家那天坐在堆滿物品的客廳，用藍色原子筆在電視螢幕角落畫圖……

很有默契地，我以為。母親不會提同個行政區裡，我無緣踏進的另一個城鎮。結果是自己一廂情願。為人子女充耳不聞的本事於是淋漓發揮三分鐘……

早餐過後，全待在咖啡座感受山色，豐富的聲光。太陽溫和，風好涼，蟬聲不鬧人，蜜蜂是郊野的健壯品種，鳳蝶、蛺蝶飛舞，一隻停在褲腳不走，拍照後趕開。右眼有 1.0 吧，遠方山樹一棵棵。淡淡霧氣氤氳，天空也是，微微的潤澤。

這個友誼萬歲的夏季，終於也到了尾聲。願回報有日。

（2011/08）

外澳二日

出門前一刻猛然想起挖沙玩具，趕忙塞進行李。區間車過站福隆，隧道之後就是海了，一片晶亮的湛藍。夏日假期結束前，最後一場小旅行。

外澳海邊地中海風格的會館，浪花彷彿捲至餐廳落地窗前。朗朗晴空對應起霧的朦朧。近岸是綠色的，遠些是藍色的，海裡黝黑的衝浪者，沙灘上私人燒烤的氣味。應景唱起〈海裡來的沙〉。

晚上星星滿天，遠方漁火點點，海面一處亮得不同，或許是深海浮起巨蚌，準備吐出夜明珠……夜裡兩點大雨，早晨五點醒來，濤聲潮溼了耳朵，浪花碎在腳邊，衝浪者陸續返回。雲層重重低垂在海天交界，看不見躍出海面的日出，橘色光芒稀微。扁扁的黑石很少，難打水漂兒。撿起石頭奮力投海，怎樣也擲不中龜山島。和孩子在浪花間奔跑，「兩個扁平足」，媽媽說。沒有弧度的腳印不浪漫，然而專心停頓下來的心情很美。

在餐廳的厚實木桌上早餐，迴盪的八〇年代西洋歌曲像鎖匙，轉開記憶大門：國中同學琬婷聲音低沉渾厚，音樂課演唱了〈Nothing gonna change my love for you〉。國中畢旅，男生班表演 Shakin' Stevens〈Because I love you〉，當時超級流行的情歌。其中一句 Because I 戛然而止，留白醞釀，反而最澎湃。 高中英文課學唱〈As time goes by〉，碩班時買了《北非諜影》。噢，“Here's looking at you, kid. This is the beginning of a beautiful friendship.” 動人至深，溶化大概如此。而像是

〈Say you, say me〉，只會 say you, say me 其餘歌詞略過；大學同學季柏最喜歡的〈I've never been to me〉……

村上龍〈懷念的旋律〉：「最初當然會因為懷念而使人感到欣慰，不過不知為何心情卻突然低落。我想那是因為不久後，有關過去負面的回憶也會甦醒過來的關係。」

而我正學習回憶湧現的時候，領受甜美豐富和低迷，即使落淚，也靜靜地過去。

（2011/08）

偽北海道背包客初體驗

錯帶已報遺失的護照，查驗時，白色燈光亮了起來，彷彿《女狼俱樂部》裡為了鼓勵主角，閃爍五彩燈光的收費站。

決定孩子跟小妹兩人隨團先行出發，樂從我背包裡拿出零食袋和防涼的長袖襯衫，毫無不捨地向前走去……

隔日隻身前往。

其實惶惑不安，大學時期修的日文，十幾年過去，早就忘光了。旅行社快遞了新千歲機場至函館的接駁運輸工具，上網查了查，大約明白。

早晨六點出門。

行李掛在妹妹名下去了，我只攜帶後背包。至集合的長榮櫃檯旁，才報上姓名，該旅行社的各團領隊直衝我笑：「你出名了！」

日本時間 2:50 抵達新千歲，一人，沒有拖運行李，動作敏捷。檢查人員打開後背包，除了錢包，納悶只有三件厚外套和奶酥麵包。妹妹電話說只有十九度，很冷，我放棄原先的單眼相機、帽子、雨傘，塞進兩大一小件，麵包則是預備的晚餐。

在通往 JR 線的走道狂奔，希望趕上 3:18 的列車，當然是天方夜譚。

外國旅客的購票服務窗口，美麗的小姐英文流利，可惜我只帶“Excuse me.”、“Could I……”、“Could you……”和“Thank you.”出門。雞同鴨講中，票還是買好了。

時間寬裕，上樓逛逛書店，買了明信片和《HUNTER X HUNTER》27、28 集。

進新千歲空港月臺，準備先搭至南千歲，再換乘特急スーパー北斗前往函館。月臺二，一班列車停靠。指著車，問了西裝筆挺的兩位中年上班族，他們搖搖頭和手。「不是這列車吧」，我想。

16:49 預定發車的時間接近，另一側有下車人潮，堵了人問，年輕上班族比出南千歲的方向，且走上那列一直停靠的火車，在車門內側的停靠站圖示中，點點「南千歲」三個字。

我想親吻他。

上車後，看見方才那兩位中年男子……一會兒，車開了。三分鐘後抵達。小小的車站，有玻璃格窗的木造候車亭，一旁林木青綠，鄉間純樸的氣味。資料顯示在同月臺的另一側搭車。來往停靠的火車好多，想確定。走向穿著天藍色 POLO 衫，拖行李的中年男子。

問了英文，他回「哇嘛西」，臺灣來的！講了幾句河洛話後，發現自己錯得離譜，是日本人，剛聽錯了……他拿出車票，是相同目的地，看了我的，熱心地用日語說明列車停靠位置和車廂節數。

17:19 列車進站，座位 7 車 10 D，查票後，換去靠海的另一邊，捨不得閉眼。旅客不多，只下車，車廂越發空蕩。列車逐漸駛進昏暗的天色。墨黑中的僻靜小站，暈黃燈光不及的月臺之外，《神隱少女》的千尋和小老鼠、小黑鳥似乎要走出來。

20:12 抵達函館，站內通道壁上浮雕。快步走向計程車招呼站，拿出旅舍地址。店家大多打烊，街道安靜。1850 日幣。

20:45 打開車門正好見到導遊，他說：房號 901。

樂和小妹看完函館夜景在一樓商店等我。

感謝上帝，偽背包客的初體驗，因為順利會合，所以美好。

（2011/07）

午後的流金歲月

許久未曾提筆寫信給妳，再次提起筆，展開紙（其實是輔大的考卷），竟有近鄉情怯的感覺。妳所寫的那些美文佳篇都在什麼情境下完成的？桌旁伴著妳的是清茗？咖啡？還是醇醪？有時會有點小好奇──就像妳會好奇我從哪一個口袋開始使用手帕一般……。

但，最好奇的是，寫作時妳都聽什麼音樂？我準備了 2 片 CD，一片是收錄我最鍾愛的情歌，我本來想為它命名為──《天黑之前不要播放》，因為那些旋律美得令人心醉又心碎，它伴我度過許多浪漫得無以復加的夜晚……。把這些音樂獻給妳，願與妳分享。

教室外走廊，國中同學的出現，讓這個陽光涼風照拂的下午，詩意之外更添溫馨。

伴手禮是星巴克咖啡和糕點，還有做紀念的煙臺張裕金獎白蘭地……。正好是一節多媒體課程，下午茶堂而皇之地擺開，吃喝餘暇記錄螢幕重點。

Jamie、小朱坐在身後，小朱同時寫了開頭這封信。

兩人都沒課，但其中之一按規定必須留校，只好請假，病假。因此戲稱我是心理醫生。

情誼真摯，難以忘懷的新鮮經驗。

秋日裡的三峽校園，拂面的髮絲，灑落臉龐的光影，連串的話語笑聲，如果定格，彷彿電影畫面。

人生某些時刻如果有配樂，也許〈流金歲月〉。

我表現出來的，往往不如內心強烈。感謝周遭好友未曾遠離。心意何等貴重。心下溶溶，宛若晴天。

（2011/09/23）

焦糖瑪奇朵

進度終於抵達《傷歌行》，路遙步細，頁碼 525 像是馬拉松終點。

按按眉心眼角，微微酸疼的還有另一處。一滴淚從左眼溢出。滑至臉龐下緣的話，空調可以風乾，不擦拭就不會被發現。凝止著等，在咖啡館播放的〈unforgettable〉裡，感覺地心引力的作用。

一個西裝筆挺的男人不知從哪兒出現的拉開對面椅子坐下，遞來手帕。有肥皂的氣味。

眉眼整齊的人。一陣靜默。

「你是焦糖瑪奇朵嗎？」（他萬分艱難地一字一頓說出這幾個字）

「不是，是黑咖啡……」

「……呃，不是，你是『非死不可』上的『焦糖瑪奇朵』嗎？我是跟你約好要見面的『ㄑㄧㄣˊ ㄊㄧㄥˊ』。」

蜻蜓？心裡偷笑。

「我不是，你認錯人了。」

「這樣嗎？打擾你了。」

他收好手帕，準備起身，我也把眼光調回書上。

「小姐……」

「雖然你不是，但我有沒有機會認識你？」媽呀！我一點也不想。

但這年頭帶手帕的男人，除了我爸，還沒見過別人。

遲疑中，那人去另一桌拿來焦糖瑪奇朵，放下公事包，把自己坐好。

好啦！沒遇過這種情況，該如何脫身？小孩是拖油瓶，也是擋箭牌。

「怎麼稱呼小姐？」

手上剛好是新換表帶的表，叫我「SWATCH。」

無意義的話語四散，眼皮沉重得浮腫起來，廣告簡訊響個不停。美好的秋日午後，我想風中散步，紅茶佐蒙布朗。

一滴淚搞砸一下午。下次記得戴粗框眼鏡，記得第一秒就擦眼淚。

（2011/09）

吧臺

提前三個半小時出門，不能預約的店家，要先占位才行，還得僻靜靠牆，否則失禮。

捷運上收到「每日一樂」的訊息，差點笑出喉糖挨罰 1500 元。陰霾盡掃，帶著小太陽一路地底穿梭。

咖啡館據說在著名冰店旁邊，友人建議褲裝。經過木材、玻璃格窗的店面，比想像來得小。

一進室內，懊惱忘記近視眼鏡。

店員兩名都沒帶位的意思。問向那個臉蛋嬰兒肥，身體也是的其中之一。他職業化的口吻，像反覆播放的銷售 CD。

玻璃屋美則美矣，但毫無掩蔽曝露紫外線下，和處於非洲大地無異。走向碎花布置的鄰間，一張空桌教人感激。然而坐下三秒，周遭口沫快把人淹沒。無從選擇的回到透明空間。窗邊立體採光，絕對不行。吧檯座椅背對街道，雖然頭頂自然光傾注，勉強可以。飲料單上，抹茶拿鐵便宜，最好一大杯，撐完採訪。

「抹茶拿鐵一杯。」

「七杯？外帶？」

「不，是一杯。」心裡笑了。

看著面無表情的同一個店員，讚嘆平板、誇張如此結合。他在身旁磨磨蹭蹭。「不必加水，謝謝！」想說。雖則抹鐵害病的甜。吧檯空間不大，肥腴身軀迴身不易，椅子喀喀碰碰地。

搬至隔壁長桌好了，不想有人直在身邊繞。

百年物語三本，趁時間還沒到再翻一下。深以為比某寫到決定封筆的作家之作好看太多。

看向車水馬龍路口，思緒歧出……

把待會兒採訪的問題再擴充、再加深、再熟悉。

第三部清晨剛讀完，所有前言後記譯介評論，出門前也才看過兩遍。從容優雅來自於萬全的準備，然而垃圾堆也能走出美女。焦躁不安是初出茅廬的事。

深秋的金光打從身邊經過，此刻不好辜負。轉至落地窗邊，猜想受訪者喜歡。對著街，留心隨時抵達的。

有漫卷的雲，因為天空。翻飛的葉片，因為風。操場……奔馳的雙腿。散步的情侶……紅磚道。 光彩煥發，因為夢想……

現實世界以水霧噴灑喚我，偶有一兩顆滴落，空氣微微溼潤，薄薄地敷鋪一層，自己好像蕨類植物，被滋養，卷曲舒展。

到了！衣裾飄飄笑容嫣然的名人。

我三步併兩步至門口，拉開，一雙攫取似的眼睛看住我，驚嚇得愣了會兒，是方才的店員，擋住大半個入口。閃過他，笑對風格女子問候。

作家沒架子地要求以名字稱呼。談吐和筆下一樣精緻。形象魅惑，不時流露女孩的純真。評論剖析自己的作品，毫無顧忌。這是作家的謙抑直率。「當然，我只是記下來，不會寫出來！」我說。

出於記者、讀者的靈犀默契引發笑聲。

對方的卡布快見底了，想要杯熱開水，納悶店員一直沒走過來。

屋頂暈黃的燈光亮起，傍晚時分。沒檯燈的桌面，書寫有些吃力。也許添個夾式閱讀燈，工作方便。三本小說一定要簽名的。等待的時候，窗外光影穿梭流動，隔了層玻璃的車聲人聲有遠方而來的朦朧，相映這方的靜寂，好不真實。

結帳的時候，說是不用。

「不用？」

「每天第一個坐上吧檯的客人，我們請客！」

「為什麼？」

「房東訂的規矩，唔，就是剛那個胖胖的店員。」

「還是不明白……」

「呃，因為吧檯的位置從前埋了他心愛的寵物，白色狐狸狗、白色波斯貓、白鸚鵡、銀帶……」

「所以……為了紀念？」

「算吧，所以他常在吧檯那兒晃來晃去，或是對著吧檯發呆。」

一陣恍惚。

離開咖啡館，透過落地窗多看了吧檯一眼，整齊清爽近乎發亮的檯面，「除非知道門路，否則永遠看不到。」（2011/10）

續杯

下午兩點，咖啡館客人最少的時候，慣例盛滿水瓶，分裝咖啡渣，補齊並重新排列櫃子裡的乳酪蛋糕和法式布蕾。

一名身量中等的短髮女子推門進來，左右張望幾秒，然後直直走向咖啡機邊的我。

「隨便坐嗎？」她問。

先前沒看過她，很確定。店員的職業敏銳與記憶。雖然褐色太陽眼鏡遮去了一半的臉。

「是啊！空位都可以坐。」我說。

她走向泥牆屋，兩人座的角落。胸前繫著蝴蝶結的白底黑點雪紡上衣、米灰五分褲、深駝色平底鞋……打扮不怎麼高明。我向來偏愛波希米亞垂墜披掛層次累疊的風格。不過，某種隱藏於淡淡語氣裡的，引人留心。

標榜綠意的咖啡館，最受歡迎的位置是玻璃屋窗邊，其次吧檯邊的長桌。泥牆屋那兒午間陰涼，冬天以外的其他季節看似不錯，然而有張大圓桌，附近上班族或教授五六個一坐下，回音加乘，嘈雜程度破表。果然，坐下還沒選定飲料便起身至玻璃屋。

「可以換位子嗎？」

「沒問題。」

眼鏡拿下來了，姿色普通，近荼蘼花了吧。微微笑著，好脾氣的樣子。她坐上吧檯的高腳椅。噢，那是店裡最難坐的位置。但這選擇我心領神會。

吧檯有六座虹吸式咖啡壺，清清透透地一字排開，還有一式的十數個糖罐、牛奶罐。光線穿透屋頂窗戶，器皿折射出不同的晶亮。客人少的時候，我喜歡拿布擦拭灰白色的石質桌面。隱約的倒影，兩相流動輝映。我因此經常呆望出神。有種乾淨純粹而輕盈的，好像看見自己的最初。

她點了抹茶拿鐵，店裡的無咖啡因飲品。接著從提袋拿出L型夾，綠色標記筆、藍筆，幾張紙，

節制地不占用太多空間。即使吧檯無人。

然而這區位置不好坐，是用來好看的。她前傾後靠，左右調整姿勢，腳總是被卡住。噢，我的手忙著清潔，但眼睛太閒了。

小米送上沖調的抹鐵時，她誰也不看，靦腆地自行挪移到旁邊的長桌。

“Good choice!” 心底浮起西恩潘在星巴克的句子。

第三次移動後，我有了觀察的最佳視野。這是店員的能耐，有許多掩藏自己的角落和角度。

她邊在紙上塗寫，邊回覆簡訊，後來只向窗外。臉龐迷濛微光，凝視外頭街景的眼光非常溫柔。

這抹溫柔讓她出眾了起來。看著她的眼眸、眉毛、嘴角，微翹的髮梢，輕愁雨霧籠罩似的，讓人莫名的迷眩陷落。

如果可以，真想幫她續杯……

怔怔間，她忽地低頭笑開了。小米這時也在旁邊用力咳嗽。我面紅耳赤，趕忙拿起掃帚走出店外，清理枯葉。沒多久，眼角餘光瞥見她四度換位。落地窗邊。自行端著水杯、咖啡杯移桌，離開時不忘把椅子排成標準樣式。

當好不容易集中收拾秋日落葉，準備推門進店裡去，她竟搶先一步拉開門，迴避不及地正面相對。

我深深被撞擊。驚喜得幾乎要開口感謝上帝，然而被側身讓了，是向後面的女子招呼，長髮飄逸，波希米亞風格的。

小米瞪了我一眼，揚起聲音「歡迎光臨！」

羞赧自作多情的我。

她倆坐在透明玻璃窗邊，彷彿展示品。顏色一淺一深，說話有文人氣息，笑起來的臉孔都有沉鬱底氣。一個說一個寫。兩小時經過，水杯沒觸及唇緣過。加不了水，近不著身……失職的我。

華燈初上。早班超時兩個半了，必須刷退離開。在小米意味深長的注視裡，隨〈春光乍洩〉的節奏心跳，為曾經跌進的眼神，我預支了薪水，埋單。

（2011/10）

手帕

傳統裡有些與人相處以及送禮的禁忌，比方不要分「梨」吃，不要送傘送手帕。「梨」、「離」同音，「傘」與「散」也是，手帕則因為用來拭淚，也隱含分離的意思。可見我們多不喜歡離散，連可能引發聯想的同音字都要避免。

「不過，有化解之道喲！收禮者給對方一元，這樣就不算送，而是買。」我說。你聽得認真，問：「這樣詛咒就破了嗎？」「對啊！」我點點頭，「可是古時候不是有小姐故意掉落帕巾，讓書生撿到……？」「那是訂情物啊，而且上頭會寫詩。」我自以為是，回答得毫無機心。

瞬時思緒發散連結〈野有死麕〉的「帨」，男女動情熱烈奔放；也想到小說裡曾有無賴撿到閨閣千金絲帕，強行上門提親，搶劫無異。

那詢問背包何處買、彷若搭訕的琺瑯青年一週一次，每回連撥號碼兩次，已進入第五還第六週。教人想起某男子沸沸揚揚的新聞，女子一律暱稱「寶寶」，所有「寶寶」手機裡來自他的未接電話一律接連兩通。不免疑惑，琺瑯青年究竟滿腔熱情熱愛結交新朋友，或是場賭局？「你看吧，連中年婦女也對我感興趣，五千元拿來！」

好友說，我們缺少的是「青春」。我以為這等追索不返的逝去，乃「老年」最大成分，不料中年已然如此淪落。年少不怕失去，因而擁有不畏現實艱難的勇氣。或許我「羨慕」，羨慕他身上所有的自己的匱乏，同時也無可逃躲地承認自己老去，失卻浪漫、失卻冒險 show hand 的奮不顧身。多年前，以為浪漫不過是公車裡驚鴻一瞥行路男子，自此鍾情，天天搭乘相同路線，滿城尋找。曾認真坐窗邊張望馬路街景、紅磚道，卻從未見誰的笑容讓我心魂俱裂。

餐廳落座之後，你慎重其事將一塊錢穩妥安放面前桌上，我只是狐疑。但你一臉燦然，有宣布祕密似的調皮笑容，不疾不徐從口袋掏出條手帕。是我的！怎被你撿了去呢？先前問話原來是鋪陳。

低頭對著眼前鮮嫩的蓋飯鮭魚，我的激動是游開還是迴流？或者為再一次的巧合暈眩？然而人生沒有巧合，巧合都是命運的安排。不再年輕的我幾乎煽情落淚。

這個冬天，感官深細地舒展，敏銳幽微甚於從前。更潛沉也更表淺，更堅強也更柔軟。或許更加成熟，也或許更加夢幻。猶疑掙扎中，每每浮現燃燒成灰的畫面。

絕非絕望，親愛的，你輕看了我們。在心裡輕輕說。

熟悉而親切的寒意與孤寂感，從身體深處升起。無回應的未知究竟教人努力還是乏力？琺瑯男子終會停下來，單方面的擊打毫無動力，我中年地想。

每回日出嶄新隨即陳跡，不想離散終將離散。彼方或此地，都落在心裡。願是雙頰的泛紅，唇邊的一抹微笑，而非心上負荷。悲喜人生，一年，再一年。

(2012/12)

末日

末日前夕，空氣冰涼，天好藍，仿若經過冰凍毫無渣滓的澄淨。

「如果明天是世界末日，你想做什麼？」

「大吃大喝」、「睡覺」、「吉他彈到死」……其中一個「想告白」的答案，讓全班鼓掌歡呼，而重修的學長，黝黑臉龐有藏不住的笑意，沉默了會兒還是不發一語，「哦！那我們知道了。」我說。笑聲爆裂開來。

朋友幾週前相約此日，不近的路程因繞進市區買禮物，越發曲折遙遠，時間延誤，午餐吃成了午茶。他搶走帳單，地主只好轉為地陪，上次逛這所校園是何時？各自考研究所的時候，我的十年前。

「再幾個小時就世界末日了。」樹下的友人說，從容平淡。然我知是緊湊行程裡的一趟飛車，穿越風城臺地，繞行城郊路徑、陌生校園與建物而來。承接的心意如此貴重，言語卻乏弱得表達不出萬一。幾分鐘後目送，漸行漸遠。

可是、可是，如果明天末日，怎能讓你獨自離開？提起身軀，在將涼下來的傍晚，盡可能飛奔，髮絲糾結在風裡。《跟我說愛我》的廣子常背著雙肩背包輕盈的奔跑，活力朝氣，青春洋溢。我的心緒發散飛騰；羊毛衣料快跑後穿不住，可是羊兒頂著一身毛卻跑得歡快；馬靴的高跟擊打路面節奏遲遲，可是釘裝蹄鐵的馬匹能奔騰萬里。終於在跑過半個校園，趕上了背影。

如果明天是最後一天，想做什麼？

和好友在海灘上欣賞最後一次落日；

走很長的路去見心愛的人；

向傷害過的道歉；

家人聚在一塊兒，尋常生活。

想見的人映在眼底，可以依靠擁抱，即使末日，也不怕。

（2012/12）

彷若流浪模式，開啟

撫一撫棉麻洋裝的摺痕，套上帆布鞋，背起大背包。我的彷若流浪模式，開啟。

筆記本和書壓在肩頭，有點沉重，旅行本來就不輕便。《生命中不可承受之輕》其實好重。那年你情緒激動眼眶泛紅帶來借我。來自生活的壓迫，原先輕盈的事物漸漸凝重為桎梏。即使時間無堅不摧，有的事變淡變輕卻不會忘記。

臨溪的臺灣欒樹花開，神情鮮豔。從前下午「治學方法」，老師出錢，同學出力，買來「起酥蛋糕」，士林「百合麵包園」的招牌。此例一開，那學期上課我們都要湊錢，茶香中品嘗各式甜鹹糕點。畢業後經過「百合」，總猶豫買半條一條，還是一片兩片。快過節了，冷藏櫃上層層疊疊的糕點盒，裝的都是起酥，進店的客人全身浸潤奶油白糖麵粉香，彷彿也被烘烤得金酥，香氣四溢。我走向櫃檯，結帳了回憶。

關係是當下的，每一瞬的交會相逢。劉心萍氣若遊絲：「要珍惜。」蘇怡華在床榻旁哽咽，「有啊，我有珍惜。」這幕之後，珍惜常與死別一同出現腦海，有沒有解除連結的方式？想好好道「再見」，關係的延續進展或終止結束，口語、信息都是。

真沒你以為那樣的好，你看見的是經歷滄桑，盡力拼貼偽裝後的模樣。請別熱切地注視與追逐，請給我倦懶頹廢的空間，請讓我毫無所謂地流浪或停歇。

身軀太重了，無能漫遊，心思躍散無能駐點。我的步伐細碎，要從這個秋季開始，走到春天。（2012/09）

鍋燒咖啡

昨夜的雨停了，雲層低低籠罩還未散開，天亮得微微。把廣告紙和前天未吃完的馬芬蛋糕裝進綠碎花提袋，盤算到公園早餐。

假日清晨有跟自己約會的閒散浪漫。

先去豆漿店等出爐的燒餅，好吃的店家，店員的態度也水漲船高地跩起來。從前會打牌的同學常說「跩個二五八萬」，雖搞不清是什麼，總之是很厲害的牌，覺得趣味。買妥準備回社區交誼廳拿杯咖啡再轉去公園，不料有幾位認識的鄰居阿姨在裡頭談天吃早餐。一早還未有社交心情，沉吟幾秒，去旁邊早餐店碰碰運氣。

「有沒有熱咖啡？」

「有。」

「黑咖啡？」

「有！」老闆娘拉長了尾音，睜大眼強調。

拿出小小的紅色保溫杯，討論容量之後，決定「小杯」。

「多少錢？」

「15 元。」

好便宜，我心想。眼睛掃向後頭工作櫃檯……沒有咖啡研磨機，念頭方落，老闆娘已提起粉紅色塑膠壺逕向小鍋倒出褐色液體，放上瓦斯爐加熱。哈！幾分鐘後，我按捺笑意接過道聲謝。

風涼涼，在公園長椅凳鋪上廣告傳單，隔開雨珠溼答答，套好毛線衫的連帽，對著運動的兩位老人家喝咖啡吃蛋糕。順著羊蹄甲上望，灰灰的牆，天空仍灰灰的。

高樓環伺間的休閒空地，一扇扇玻璃窗後可能藏有一雙雙窺探的眼睛……這座公園沒有沙坑。乙一在〈從前，在太陽西沉的公園裡〉說起了傍晚，無人安靜彷彿凝結的時空，一個小男孩還是小女孩獨自玩沙，被沙坑底下伸出的一隻手攫住……

大清早大白天的，詭異念頭很快散去。沒立穩保溫杯，鍋燒咖啡去了一大半，在口中慢慢溼潤略乾的馬芬蛋糕，分一點點給不怕生的麻雀。自己的時光，最好的時光。

（2013/3）

意義，義氣

南來北往，客運的搖晃震盪之間無從閱讀，也難以入睡，幾週奔波下來有些疲倦，不免思索起自己的意義，無厘頭地連結《艋舺》「意義是三小？我只知道義氣！」隨即又想起《水滸 108》「不在乎對錯，而在於我對你的承諾。」意義是自己找的，好友曾說。

著重認識探究肯定自我繼而關懷他人的課程，層層揭開幽暗的內裡，意圖讓人回想童小、成長歷程並直視傷痕。

前些天在超市發現盒裝的掬水軒「祈福餅乾」，包裝圖案和配色一如從前，萬分懷念。小時候家裡常備的零食，曾泡在牛奶裡當早餐，最常單吃。當年叫「『奇』福餅乾」，方型鐵盒裝，撬開圓鐵蓋，先是張油紙，圓餅一層層堆疊盛裝滿滿的，拿餅乾的手指油油，快吃完拿到底層時，手指手背都會油油同時附著細細鹽粒，餅乾大片，不像現在的小尺寸。

再長幾歲，喜歡好香好香的「蘋果麵包」，同學帶到班上，好羨慕，向媽媽要求但從未應允過。一次與鄰居一同出遊，鄰居媽媽準備了蘋果麵包，我眼睛都亮了，趁大家在玩，打開袋子拿一塊⋯⋯

有些事只留給自己不說出來，有標本似凝止不動的鮮豔。也許凍結在最光華的一刻，或最為掙扎怨憤的。如同張亦絢說的「中斷法」，臨界點剎然而止，寤寐輾轉，不甘願的痛楚強大到能延續來世，成為雙方記取彼此的一種懸念，或淒涼慘絕的方式。

趙敏在張無忌手上咬了一口，敷上爛蝕得更深的膏藥，讓人看見傷痕便要記起，永誌不忘。傷疤淡去但永不磨滅，像是膝上自公車摔跌而致的，像手背被門夾的傷，目光經過確實幽幽想起。

生命歷經的場景片段，彷彿 Prezi 一層一層，再近再近再放大。當我用自己的故事換來學生的故事，那些封存在時光中、不想記起不想對人說的……責任似乎便加諸己身，但我能力何在？

夜裡醒來，睜眼瞬間心驚：「這是哪裡？」時空合一後，起身幫孩子蓋好被褥，邊緣塞緊。沉睡的臉蛋，眉眼仍看得出嬰兒模樣。

時序推移，人生畢竟和我以為的不一樣。未來太多人事，無從規畫安排，而未來一直來一直來。好在一直來……

意義且義氣吧，有些東西誰也拿不走，期盼有些人一直會在。

（2013/11）

仰角

二十年後，擁抱之際眼淚洶湧而至，我知道是因為生活太粗糙，太想念從前的緣故。

情誼逐漸變涼變淡的日子，曾約訪的餐廳說好似的，一家接著一家結束生意。「遇見多綠」、「陽光 100 號」、「好佳麵」、「Café 將」和「朱麗的店」，不留商量餘地，帶著回憶沉沒在營收衰退的浪潮裡，而繼起的體驗還在天外彼方與海溝深處尚未迸發。荷包月光，情感也乾涸見底。

夜裡沿坡道下行，行李箱的輪子咕隆咕隆作響，和喀啦的鞋跟聲不在同一拍。一支支路燈竭盡著瓦數，周邊草圃朦朧，眉眼亮了又暗，暗了又亮，而遠方燈火明滅閃爍，城市如此輝煌。那時一步步走進煙塵的我們說了什麼？晚風腥鹹，吹不散丹寧布料的窒悶燠熱。分別的時候，浮起某部片中追趕公車的畫面……是楊慶煌嗎？打開車窗的劉瑞琪丟下一封信，封套寫著地址和電話。後來他們有沒有在一起？無論如何，都是別人的故事。

而我從故事滑落，參與者變為旁觀，對「在乎」、「不在乎」的相應關係有更多的心領神會，由於太老太滄桑。走過一場場身體和心理的燒灼，覺察情誼的稀微與豐厚。豐厚的在心，稀微的不去問，「很固執啊！」友人說。然友人未曾知曉，固執的程度已經從「非常」下調。

「沒人應當對你好」，「是啊！」輕快的語氣，深切的體悟。《瑯琊榜》景睿說了好長一段話：「畢竟誰也沒有責任要以我為先，以我為重。無論我如何希望，也不能強求……我之所以這麼待你，是因為我願意，若能因此換回同樣的初心，固然可喜，若是沒有，我也沒有什麼可後悔的。」（16 集）誰能不愛景睿？一如誰能不愛亞拉岡？愛他，因為自己辦不到。成不了那樣的人，就只能想望崇拜。

「所以採訪大人物要用俯角。」我說，對著一整面落地書櫃，你像是沒聽見似地喃喃自語：「書好少……」，寬厚起來的後背，原來是最想念的一景。

輕易時代裡步步艱難，倚靠三五好友傾聽寬慰，支持打氣，度過每回危危欲墜。於是走到了這裡。

隨森林音樂呼吸，期待北國天際。感激玫瑰色的友伴，有幸相遇，承蒙相助。無關乎採訪，我為生命裡一干大人物，設定仰角。

（2018/05）

國家圖書館出版品預行編目(CIP)資料

芳菲且住 / 劉依潔著. -- 一版. --
新北市：淡大出版中心, 2019.01
面； 公分. --（淡江書系；TB020）
ISBN 978-986-96071-7-9(平裝)

855 107020107

淡江書系 TB020

芳菲且住

ISBN 978-986-96071-7-9

作　　者　劉依潔
主　　任　歐陽崇榮
總 編 輯　吳秋霞
行政編輯　張瑜倫
行銷企畫　陳卉綺
校　　稿　林念慈
封面設計　阿作
印 刷 廠　中茂分色製版印刷事業(股)公司

發 行 人　葛煥昭
出 版 者　淡江大學出版中心
地址：新北市25137淡水區英專路151號海博館1樓
電話：02-86318661　傳真：02-86318660

出版日期　2019年1月 一版一刷
定　　價　360元

總 經 銷　紅螞蟻圖書有限公司
展 售 處　淡江大學出版中心
地址：新北市淡水區英專路151號海博館1樓
淡江大學—驚聲書城
地址：新北市淡水區英專路151號商管大樓3樓